DARKLOVE.

FIERCE FAIRYTALES
Copyright text and illustrations
© Nikita Gill, 2018
First published by Trapeze, London.
Todos os direitos reservados.

Tradução para a língua portuguesa
© Ana Guadalupe, 2022

Diretor Editorial
Christiano Menezes

Diretor Comercial
Chico de Assis

Gerente Comercial
Giselle Leitão

Gerente de Marketing Digital
Mike Ribera

Gerentes Editoriais
Bruno Dorigatti
Marcia Heloisa

Editoras
Nilsen Silva
Raquel Moritz

Editora Assistente
Talita Grass

Capa e Projeto Gráfico
Retina 78

Coord. de Arte
Arthur Moraes

Coord. de Diagramação
Sergio Chaves

Designer Assistente
Aline Martins | Sem Serifa

Finalização
Sandro Tagliamento

Preparação
Fernanda Lizardo

Revisão
Retina Conteúdo

Impressão e Acabamento
Gráfica Geográfica

DADOS INTERNACIONAIS DE CATALOGAÇÃO NA PUBLICAÇÃO (CIP)
Jéssica de Oliveira Molinari CRB-8/9852

Gill, Nikita
  Contos de Fadas & Poemas Vorazes para Alimentar a Alma / Nikita Gill; tradução Ana Guadalupe – Rio de Janeiro: DarkSide Books, 2022.
  176 p : il.

  ISBN: 978-65-5598-183-4
  Título original: Fierce Fairytales: Stories to Stir Your Soul

  1. Literatura folclórica 2. Poesia I. Título II. Guadalupe, Ana.

21-3351   CDD 398.2

Índices para catálogo sistemático:
1. Literatura folclórica

[2022]
Todos os direitos desta edição reservados à
DarkSide® *Entretenimento LTDA.*
Rua General Roca, 935/504 — Tijuca
20521-071 — Rio de Janeiro — RJ — Brasil
www.darksidebooks.com

NIKITA GILL

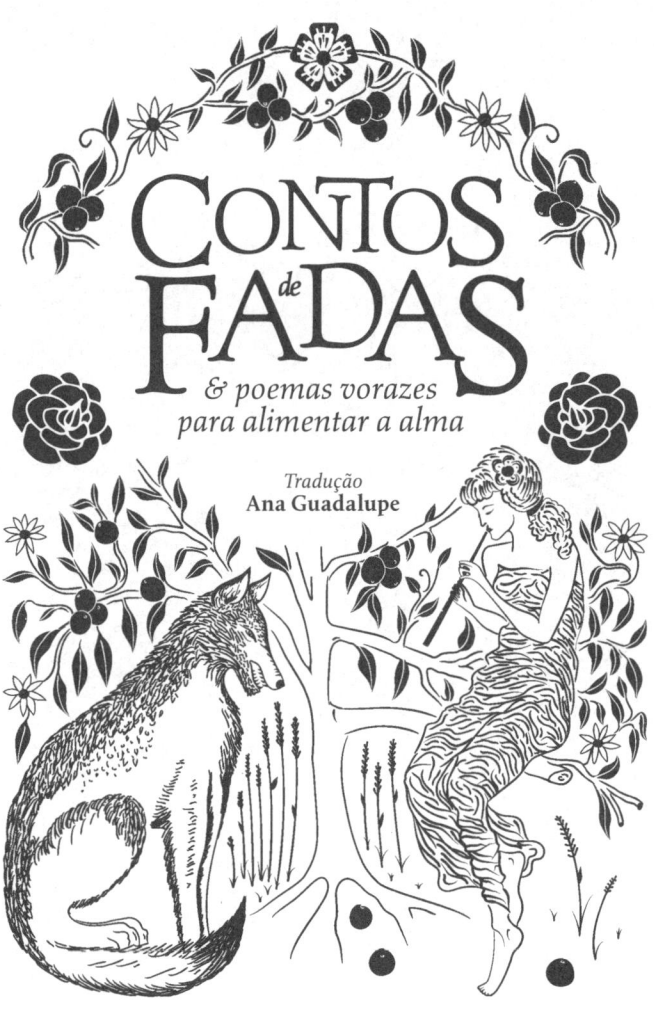

Contos de Fadas
& poemas vorazes para alimentar a alma

Tradução
Ana Guadalupe

DARKSIDE

*Para você,
que nunca esqueceu
a magia.
Ela quer que você saiba
que também se lembra de você.*

Contos de Fadas
& poemas vorazes para alimentar a alma

SUMÁRIO

13 | Uma verdade absoluta

15 | Era uma vez

16 | Era uma vez II

17 | Para os cínicos

18 | Em algum lugar do universo, alguém conta este conto de fadas intergaláctico

21 | Um conto de duas irmãs

23 | A fábula da termodinâmica

25 | A floresta reencarnada

26 | Sussurros da selva sombria

27 | A filha do moleiro

28 | Metade de Rumpelstiltskin quer se redimir

31 | Por que Sininho largou o tratamento

32 | Garoto perdido

35 | Wendy

37 | Brincadeira da infância

39 | O lobo vermelho

42 | A mãe de Cinderela lhe envia uma mensagem do céu

44 | O conto da madrasta

47 | Lições de alguém que sobreviveu a anos de abuso

48 | Fada madrinha
49 | Duas meias-irmãs incompreendidas
51 | Aprisionada
53 | Badroulbadour
54 | O filho do sapateiro
56 | Sherazade, a sábia
58 | Vilã do País das Maravilhas
61 | O Chapeleiro
63 | Como um herói se torna vilão
65 | Beleza e bravura
68 | Pedro e o lobo
69 | A fábula de João corrigida
72 | Cachinhos Dourados
73 | As três vezes que você reconstruiu seu coração em formato de casa
75 | Reivindiquem o conto de fadas
76 | A filha da bruxa-dragão
78 | Bela acordada
82 | Sete
84 | A rainha má
85 | Maria depois de João
87 | A carta de João a seu filho
88 | Belladonna
90 | A mãe da Pequena Sereia fala com sua bebê na barriga
91 | O lamento da Bruxa do mar

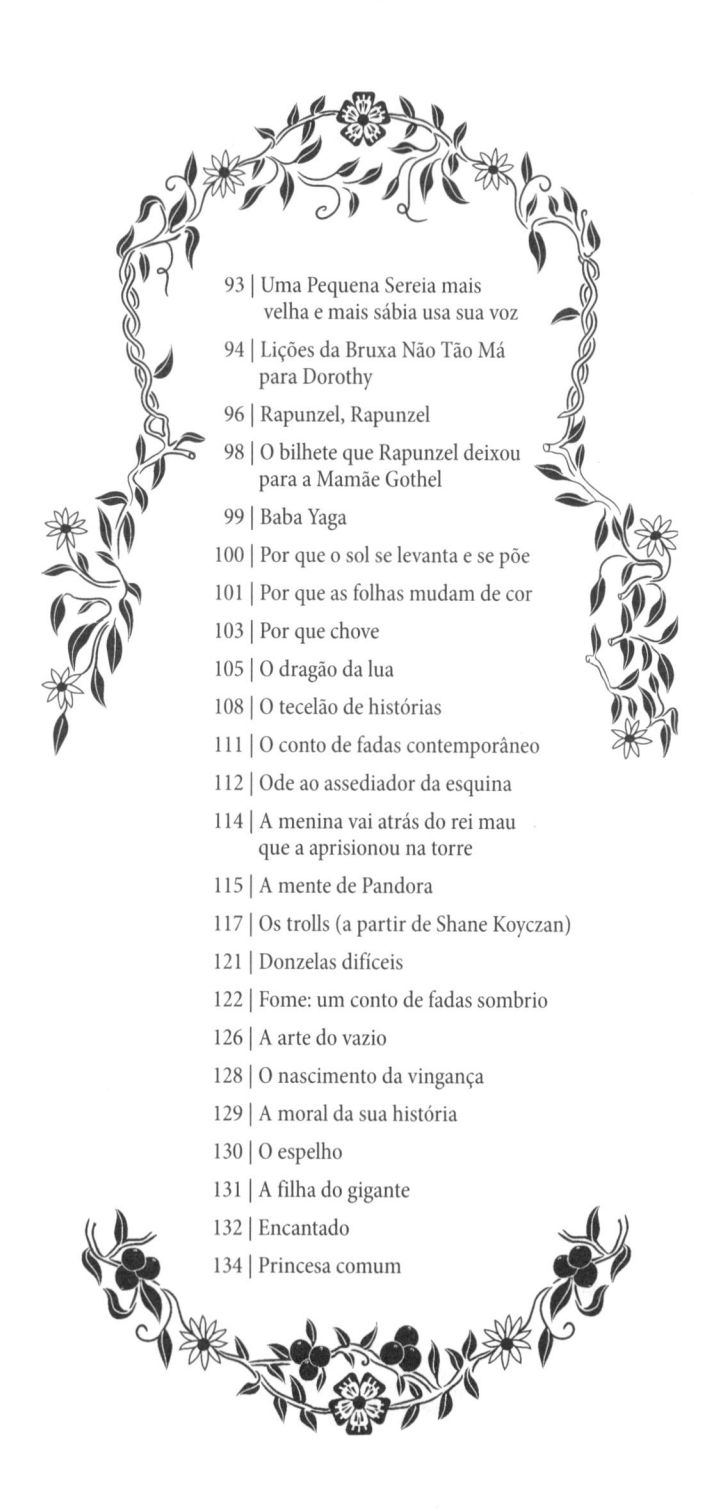

93 | Uma Pequena Sereia mais velha e mais sábia usa sua voz

94 | Lições da Bruxa Não Tão Má para Dorothy

96 | Rapunzel, Rapunzel

98 | O bilhete que Rapunzel deixou para a Mamãe Gothel

99 | Baba Yaga

100 | Por que o sol se levanta e se põe

101 | Por que as folhas mudam de cor

103 | Por que chove

105 | O dragão da lua

108 | O tecelão de histórias

111 | O conto de fadas contemporâneo

112 | Ode ao assediador da esquina

114 | A menina vai atrás do rei mau que a aprisionou na torre

115 | A mente de Pandora

117 | Os trolls (a partir de Shane Koyczan)

121 | Donzelas difíceis

122 | Fome: um conto de fadas sombrio

126 | A arte do vazio

128 | O nascimento da vingança

129 | A moral da sua história

130 | O espelho

131 | A filha do gigante

132 | Encantado

134 | Princesa comum

136 | Sangue de fênix
138 | Metamorfose
139 | Vire homem, Hércules
142 | Devore seus monstros
143 | In absentia: um tipo de maldição muito comum
144 | Sobre reis e rainhas
145 | Garota manipuladora (A partir de O mestre mandou)
147 | A ogra
148 | Mães e filhas
150 | Nos tempos de outrora
151 | Nos tempos de outrora II
153 | Como se salvar
154 | Nenhuma delicadeza
155 | Conselho de mãe
157 | Esqueletos no jardim
159 | O metamorfo
160 | O que há num nome
161 | Para as bruxas que escondemos em nós
162 | Questione o conto de fadas
163 | Beije seu medo
164 | Quatro feitiços para se ter na ponta da língua
165 | Pessoa-floresta
167 | A cura
168 | Felizes para sempre

Todos temos estrondos e estórias dentro do nosso corpo feito de **estrelas**

Uma verdade absoluta

Todos temos estrondos e estórias
dentro do nosso corpo feito de estrelas
que nem mesmo o céu noturno pode conter.

É por isso que estamos neste mundo;
para aprender a amar uns aos outros,
para aprender a amar e abraçar a nós mesmos.

Era uma vez

Um belo dia,
a matéria concebeu uma ideia.

Era um sonhozinho esperançoso,
um pensamento com asas de fada.

Mas, como tudo que a esperança encerra,
seria muito difícil dar à luz esse sonho.

Era preciso que muitos eventos se alinhassem
no milissegundo do tempo necessário
    para construir a Terra.

Sua chance de existir era 1 em $10^{2.685.000}$.
Uma chance de 1 em 20.000 para um
    encontro entre dois seres.

Uma linhagem ancestral que surgiu há 4 bilhões
    anos e remonta aos organismos unicelulares.

E só então essa ideia pôde ser moldada com
    todo o cuidado e se tornar um presente.

Imagine o quanto o universo deve ter amado
essa coisa para colocá-la em prática.

Imagine quantas estrelas cederam seu coração
para que esse movimento fluísse.

Isso desperta sua curiosidade?
Você se pergunta o que pode ter
    tamanha grandiosidade?

Essa ideia... era você.
Você é o conto de fadas que o universo
    transformou em realidade.

Era uma vez II

Mas o universo nunca lhe prometeu
que esse processo seria fácil,
afinal, você é o herói desse conto.

E é preciso que heróis
sejam forjados em ouro
pelo fogo.

Cabe a você se reerguer
e deixar para trás os cacos
a que os inimigos reduziram você.

Você deve empunhar a espada
e com força renovada enfrentar
os demônios que habitam seu peito.

Deve quebrar as correntes
com que todas as pessoas violentas
tentaram te prender.

E deve mostrar a todas
que *elas* eram apenas
personagens da *sua* história.

Porque é você quem vai escrever
essa aventura fantástica
cheia de esperança e bravura.

Talvez haja monstros lá fora, meu bem.
Mas em você ainda vive o dragão
no qual sempre deve acreditar.

Para os cínicos

Nosso atual endereço cósmico
é um pequeno detrito voador
que atravessa um infinito vácuo sombrio,
cercado, inexplicavelmente,
por outros sete detritos voadores.

Todos esses elementos giram em harmonia
ao redor da mesma bola de fogo gigante
sem nunca colidir uns nos outros
nem se lançar contra
a supracitada bola de fogo.

E como se isso não fosse absurdo o bastante,
dentre todos esses detritos,
o nosso é o único que conta
com um ambiente que permite o sustento
de bilhões de formas de vida diferentes,

inclusive uma imensa variedade
de plantas que florescem
e árvores que dão oxigênio,
uma abundância de animais
e oito bilhões de seres humanos.

E de alguma forma
você ainda pensa
sinceramente
que a magia não existe,
que os contos de fada não são de verdade,

que o fato de as pessoas
se encontrarem
bem na hora exata
bem na hora certa
não é a bruxaria mais poderosa que há.

Em algum lugar do universo, alguém conta este conto de fadas intergaláctico

No ponto mais distante do aglomerado de Virgem, existe uma pequena galáxia chamada Via Láctea, e em uma das espirais mais afastadas dessa galáxia dizem que há um planetinha minúsculo chamado Terra. À primeira vista não há nada de muito especial nesse planeta, embora seja mesmo muito bonito, envolto em azul-turquesa e com uma faixa verde irregular. Na verdade, esse é um entre milhões de exemplares idênticos que existem só nesse universo.

O que esse planeta tem de extraordinário, no entanto, são os seres que nele vivem. Esses seres já enfrentaram inúmeras guerras. Impérios que prometiam brilhar mais forte que sua estrela maior, o Sol, e desapareceram em um piscar de olhos. Imperadores violentos e ditadores destruíram territórios inteiros, e ainda assim... esses seres se recusam a deixar de existir, parece até que têm dentro de si uma coisa valiosa que os faz continuar sobrevivendo e continuar conscientes.

Olhe mais de perto, ó, pessoa que passa às pressas, olhe esses seres mais de perto. Eles são sobreviventes que se impressionam com as coisas e querem conhecer tudo que os cerca. Houve momentos em que perderam o rumo, mas essa curiosidade é algo que nunca perdem, pois seu potencial é imenso.

Possibilidade. Esse planeta pode até se chamar Terra, mas deveria se chamar Possibilidade.

Se você não acredita nessa historinha, se acha que é só uma superstição boba, uma coisa sem nenhum cabimento, espero que um dia você se depare com a mensagem fabulosa desses seres. É que quarenta anos atrás eles enviaram uma mensagem em uma sonda espacial que viajou 20,5 bilhões de quilômetros, na esperança de encontrar um de nós no espaço. Nessa sonda há uma mensagem, a definição dessa espécie, e nela se lê:

"Este é um presente de um mundo pequeno e distante, uma amostra de nossos sons, nossa ciência, nossas imagens, nossa música, nossos pensamentos e sentimentos. Estamos tentando sobreviver à nossa era para chegar à sua."

A Voyager continua por aí em algum lugar, esperando que alguém a encontre por acaso. Talvez esse alguém seja você. Talvez você lembre essa espécie da grandeza que reside em seu potencial, em sua possibilidade. Talvez você seja o ser que ajude a transformar esse planeta de conto de fadas e de possibilidade em uma lenda intergaláctica verde e azul.

Um conto de duas irmãs

No começo, havia o oblívio.
Uma vastidão, um abismo
de escuridão e vazio,
... até que surgiram duas irmãs.

Uma era feita da interconectividade
entre todas as coisas, um precipício de histórias,
o tesouro do que já aconteceu e do que está por vir.
Seu nome era Cosmos.

A outra era feita da tríade
da escuridão: magia obscura prestes a nascer,
tinteiros cheios de poder feroz e ideias de rebeldia.
Seu nome era Caos.

Antes de as duas flutuarem rumo ao abismo,
como todos os seres celestiais faziam no final,
seu pai lhes disse que deveriam ser um sistema binário,
que nunca deveriam se separar uma da outra.

Ele as alertou que juntas elas eram capazes
de construir tudo, mas que separadas nada seria possível.
Então as duas se uniram e imaginaram uma trama
de estrelas vivas que orbitavam e respiravam
    ao redor de cada uma.

Elas conceberam coisas absurdas como planetas
que ajudam milhares de seres
e bolas de fogo que os aquecem
e atmosferas que só existem para que respirem.

E foi assim que o amor entre duas irmãs
escreveu o primeiro poema eterno
que já existiu. Um só poema mágico
e cheio de afeto que intitularam "Uni-verso".

Em outras palavras, tudo que nos cerca é **energia reciclada**

A fábula da termodinâmica

A primeira lei da termodinâmica diz o seguinte:
"A energia não pode ser criada nem destruída".

Em outras palavras, tudo que nos cerca é energia reciclada,
eu, você, seu cachorro, as pessoas que amamos e as que odiamos.

Em outras palavras, a energia que nos cria
é tão antiga que remonta ao início do próprio tempo.

Em outras palavras, nossos ossos poderiam ter sido
reconstruídos com as cinzas da Biblioteca de Alexandria.

Em outras palavras, nossa coluna e
    nossos calcanhares foram construídos
com a morte de um carvalho centenário,
    e nossos sorrisos, de um cometa.

Em outras palavras, nossos corações
    poderiam ser o espírito de Aquiles
quando ele lutou em Troia,
    derrubando também seus inimigos.

Em outras palavras, quando sentimos
    que a vida é só dificuldade,
devemos lembrar que somos meras centelhas
    de energia sob uma pele emprestada.

Que ainda que toda essa dor pareça durar uma eternidade,
também é temporária a trama que nos envolve.

A floresta reencarnada

Trocamos a floresta por arranha-céus,
o lobo virou o cara que parece normal,
doces olhos castanhos, sorrindo de boca fechada
para esconder não os dentes, mas as presas afiadas.
O caçador virou o homem "de bem"
que por acaso morava na outra rua,
cuja risada nunca chegava aos olhos,
e o caminho tão conhecido
entre a vovó e a fera fica nebuloso.
Quero saber aonde vão os verdadeiros monstros
quando o bosque diabólico desaparece.
Quando as trilhas da floresta
se tornam as ruelas de uma cidade,
onde predadores aprendem uma linguagem
mais sedutora, marcada por gentilezas falsas.
Histórias nas quais menininhas
têm que saber se virar na rua para sobreviver
e às vezes não são elas que vencem no final,
às vezes é o lobo que vê o sol nascer.
O que acontece com o conto de fadas
quando pela cidade a floresta foi substituída
e a selva de pedra é que ganha vida?

Sussurros da selva sombria

Cadê as histórias feitas para as meninas rebeldes,
aquelas que revelam que não existe perfeição?

Cadê as lendas criadas com nuances,
que mostram que o herói também pode ser vilão?

Cadê os mitos dedicados às coisas sombrias,
às pessoas que nunca foram puras e alvas como a neve?

Cadê as lições para as crianças malcriadas,
aquelas que preferem se perder na floresta e no folclore?

Se procura segredos, você os encontrará aqui mesmo,
pois estas palavras renasceram das ruínas
    dos velhos contos de fadas.

Este é o lugar onde essas histórias buscam a ressurreição
e dos escombros surgem coisas
mais humanas do que os humanos são.

A filha do moleiro

A rainha disse a seu filho primogênito
depois que Rumpelstiltskin foi derrotado:

Talvez a magia vá embora comigo
e nunca cruze seu caminho,
mas nunca se esqueça
da arte da sobrevivência.
O mundo é uma mentira,
portanto confie na sua inteligência.

Príncipes fracassam todos os dias.
A paixão muitas vezes esfria.
E, nos dias de sorte, as princesas
transformam palha em ouro.
Reis justos são consumidos pela avareza,
e dragões demonstram gentileza.

Fadas preparam a poção errada,
sereias morrem afogadas,
goblins e trolls realizam atos heroicos
e gigantes caem no chão sem fazer nenhum ruído.
Até as coisas mais terríveis podem ser derrotadas
se dissermos seu nome em voz alta.

Metade de Rumpelstiltskin quer se redimir

Metade de Rumpelstiltskin
fala com a filha do moleiro:

Desde que ao meio me parti,
a metade de mim que restou
vem tentando elaborar
um pedido de desculpas digno de ti.

Não me restam mais truques, só arrependimento
por não ter compreendido desde pequeno
que às vezes a culpa é necessária.
Só assim sabemos que causamos sofrimento.

Quem se justifica não se aplica,
disso eu sei, então vou parando por aqui.
Só quero dizer que sinto muito,
mas isso nem o sentimento explica.

Não tenho mais segredos.
Suas emoções são compreensíveis
e não tens obrigação de me perdoar.
Eu mereço pagar por ter lhe causado medo.

O que quero dizer
é que se tornar alguém capaz de ser bondoso
vale qualquer sacrifício que façamos
e às vezes pode demorar mil anos.

Hoje pedi desculpas a alguém
a quem devo a mais urgente explicação.
Amanhã, vou sozinho aprender
o alfabeto da compaixão.

Se isto não é um pedido de desculpas,
Se isto não é *evolução*,
então não sei, não.

Por que Sininho largou o tratamento

Tive que abandonar os remédios que me davam.
Queriam me deixar mais calma,
mas não vou permitir que roubem minha raiva.

Porque muitos reinos já gastaram milênios
tentando dominar as mulheres
e descartando-as quando envelheciam.

Minha fúria me dá força.
Já salvou a vida das pessoas,
    já fez o mundo prestar atenção;
quando eu não consegui falar,
    minha revolta gritou no meu lugar.

Pensem em Helena de Troia
    quando lhe tiraram a liberdade.
Pensem em Rani de Jhansi liderando a rebelião.
Pensem em Joana d'Arc à frente do exército,
    rumo ao seu sonho.

Hoje dou valor ao meu coração,
que, como um fósforo, entra em combustão
com a mínima faísca.

A revolta de uma mulher pode mudar o mundo.
Sei disso porque conheço a minha
e desse dom não abro mão.

Sou pequena e tenho fúria.
É assim que canalizo minha energia
e é assim que *gosto* de ser.

Garoto perdido

Imagine um pôr do sol em uma cidadezinha portuária à beira-mar. Dois meninos adolescentes sentados nas docas observam os navios que passam voando pela água. Um deles estica o braço e pega a mão do outro. Nesse rápido contato de pele com pele, mil promessas implícitas entram em erupção, e ambos estão determinados a cumpri-las. A juventude é isso. O simples ato de acreditar que seremos capazes de cumprir todas as promessas que fizemos para alguém. Que seremos capazes de amar alguém até encontrarmos um "para sempre", mesmo que ainda não saibamos o que significa "para sempre".

Depois de uma tarde repleta da embriaguez do amor, eles voltam para suas respectivas casas. Um menino ajuda sua mãe a cozinhar, a limpar a casa e a cuidar da irmã caçula. Seu pai é um bom homem, um marinheiro que ganha um salário humilde, mas que tem um coração amoroso e uma língua afiada, com a qual conta histórias de terras distantes que envolvem a família toda. Mas esse menino, apesar de suas bênçãos, é infeliz. Ele foi abençoado com uma família amorosa, mas aquele seu olhar distante é feito de inquietação e vontade de explorar o mundo; há algo nele que remete às fadas, a uma criança humana trocada por uma criança mágica, a uma criatura que usa como disfarce a pele de um menino que sempre esteve destinado a voar, a partir.

O outro menino volta para casa, onde encontra um pai alcoólatra e uma mãe que trabalha tanto que nunca fica em casa. Ele é a criatura indesejada em seu lar, e em cada esquina há uma surra à sua espera. O temperamento do pai é uma fera poderosa, e um menino feito de ossos de papel que mal param em pé jamais seria capaz de enfrentá-lo. Ele se esconde em seu quarto. Ele só pensa em um menino no pôr do sol, a esperança transformada em ser humano.

Agora imagine o seguinte: o menino de ossos de papel sozinho nas docas no próximo pôr do sol. E esse mesmo menino novamente sozinho nas docas em um dia de chuva. E esse mesmo menino sozinho nas docas todos os dias depois desse, esperando alguém que lhe prometera os "para sempre" e nunca sequer pensou em cumprir essas promessas. Pense nesse menino se tornando um homem, um coração ferido tão jovem, tão menino, que nunca chegou a sarar. Imagine esse menino se tornando um marinheiro, revirando terras e mais terras à procura de um menino que um dia ele amou, pensando que alguém o machucou ou sequestrou, precisando saber o que lhe aconteceu.

Agora o veja descobrindo, enfim, que o menino que o amou em sua meninice fugiu para uma terra mágica onde ele nunca cresceu. Que, sem olhar para trás, ele esqueceu todas as promessas de "para sempre". Imagine sua revolta, aquela mágoa antiga se transformando em uma raiva terrível e escapando do sótão esquecido que é seu coração machucado. Pense no que acontece quando um amor imenso se transforma em um ódio imenso. Uma ira tão intensa que ninguém pode controlar. O que ele seria capaz de sacrificar para vingar o menino que um dia foi, com seus ossos de papel, parado nas docas, machucado, sem uma única pessoa que o ame, completamente sozinho. Uma das mãos é um preço modesto a se pagar por um navio mágico que o leve à Terra do Nunca, um lugar que fica sobre uma estrela. Tornar-se um vilão chamado Capitão Gancho não é nada perto da chance de mostrar a Peter Pan que ninguém pode descartar o amor e achar que vai sair dessa sem nenhuma cicatriz.

Wendy

Ninguém fala sobre o que aconteceu com Wendy Darling depois que eles voltaram da Terra do Nunca. Ninguém mais fala de Wendy Darling. A verdade é que, ainda que seus pais tenham conseguido convencer seus irmãos de que a Terra do Nunca nunca existiu, de que todas as crianças precisam crescer, de que tudo havia sido apenas um sonho, Wendy era perspicaz e insistia em acreditar.

Ela acreditou quando seus amigos zombaram dela no internato. Torceu para que as fadas a salvassem quando foi chamada à sala do diretor e seus pais foram obrigados a tirá-la da escola. Ela chegou até a falar com Peter depois, quando passou a ter aulas em casa com sua governanta. Com o passar dos anos, Wendy ficou mais velha, mas nunca deixou de ter visões da Terra do Nunca. Ela fazia desenhos e pinturas que retratavam suas incríveis aventuras com Peter e os garotos perdidos. Ela não percebeu que seus pais começavam a se preocupar, que se perguntavam, consternados, se ela algum dia encontraria um homem para se casar, se ela ainda acreditava naquelas bobagens.

A situação passou dos limites quando Wendy disse que não iria se casar. Seus pais ficaram tão preocupados que internaram Wendy em um sanatório, justificando que suas alucinações eram tão graves que precisavam de cuidado médico. Talvez você pense que a história terminaria por aí, mas Wendy tinha muita fé em si e na força de sua mente e de sua memória.

E assim, no sanatório, ela começou a escrever histórias e fazer desenhos da Terra do Nunca para crianças, impressionando a todos e acalmando os pacientes, tanto que seu médico, um homem de bom coração, começou a enviar seus trabalhos para editoras. Aos poucos, mas com muita firmeza, Wendy começou a mostrar tanta lucidez e educação que seus médicos começaram a questionar a própria sanidade, porque ela continuava fiel à sua história. Mas se ela não conseguisse se sustentar sozinha, jamais poderia sair do sanatório, e, sabendo que esse seria seu destino, Wendy mais uma vez pediu a ajuda das fadas.

As fadas nunca tinham se importado com ela, mas seu fervor lhes chamou a atenção. Elas a guiaram para que seus textos e pinturas fossem enviados para uma editora que adorou seu trabalho. A editora lhe ofereceu dinheiro suficiente para sair do sanatório aos 21 anos, quando era seu direito, e se sustentar. Quase não havia casos como esse no círculo social em que ela vivia.

Wendy morreu solteirona e feliz, com uma dezena de livros de sua autoria, uma biblioteca maravilhosa e uma porção de amigos, sobrinhos e sobrinhas que a amavam e admiravam imensamente.

Mas é por isso que ninguém mais fala sobre Wendy Darling. Porque os livros infantis mais aclamados no período em que ela estava viva, as aventuras da Terra do Nunca, nunca levaram o nome de Wendy Darling, e sim de Wendy.

Brincadeira da infância

Sempre começa quando somos crianças
com uma imaginação tão fértil que
universo nenhum chegaria aos nossos pés.

Enquanto a gente brinca, corre
e grita sob o sol a pino antes
que o preconceito nos alcance.

Nas histórias que contamos entre nós,
misturamos epifanias infantis
e um amor-próprio feroz.

A gente briga para decidir quem
vai ficar com o papel da princesa
ou do príncipe que vira herói.

Ninguém quer ser
o dragão que acaba caçado,
nem o ogro, nem a bruxa.

Na nossa mente de criança,
decidimos ali mesmo que as pessoas
só podem ser muito boas ou muito más.

Nunca paramos para pensar
que todos nós somos capazes
de fazer coisas terríveis.

Mas se pensarmos no passado
e de fato tentarmos compreender,
vamos nos lembrar do que é preciso.

Todos nos revezamos
sendo a Chapeuzinho Vermelho
e todos já fomos o lobo.

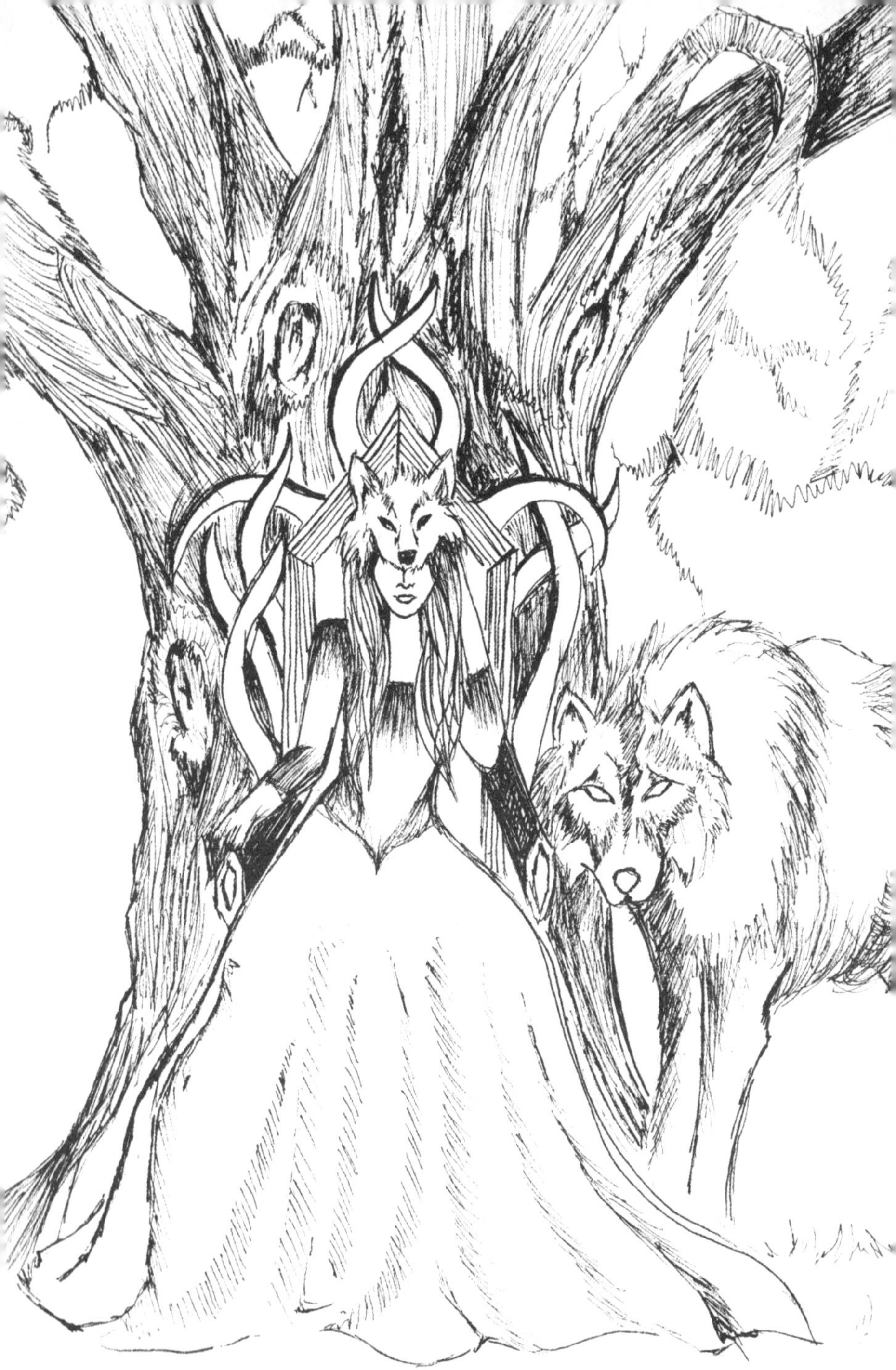

O lobo vermelho

"Crianças desaparecem todos os dias.
Às vezes são as fadas que vêm raptá-las.
Noutras, elas confiam em um lobo."

Mesmo em tempos de guerra, as crianças vivem alheias aos verdadeiros mecanismos do mundo. As mães são sempre mais sábias.

Isso acontece porque a maioria das mães sabe que as pessoas mais sensíveis, que têm o coração mais generoso, são aquelas que tinham dentro de si a verdadeira magia. Nem os próprios Deuses vendiam esse tipo de pureza, por isso os endiabrados a almejavam mais que tudo.

Quando Chapeuzinho Vermelho desapareceu, sua mãe, que a amava tanto que sempre dissera que ela poderia ser *o que quisesse*, nunca saiu do lugar em que moravam desde que a menina era pequena. Tudo porque ela esperava, mesmo que fosse improvável, que as árvores e as florestas um dia devolvessem sua filha.

Todos os dias ela se postava no limiar do bosque, olhando para a escuridão, torcendo para encontrar qualquer sinal de sua filha, que tanto amava a floresta, em algum canto daquela trilha coberta de folhas. Todos os dias ela dava mais um passo rumo à escuridão, e, quanto menor era sua esperança, maior e mais firme era sua coragem.

O luto transforma todos nós em guerreiros improváveis.

Então quando, certo dia, ela viu os dois olhos como lamparinas no escuro, ela não teve medo. O que ela fez foi perguntar: "Irmão lobo, foi você quem tirou minha filha dos meus braços e a levou embora?".

"Eu não", disse o lobo antes de desaparecer.

No dia seguinte, ela deu mais um passo na direção da floresta, a mesma na qual um dia havia procurado sua filha, e outro par de olhos brilhou por entre a escuridão, vermelhos como o capuz da menina.

"Irmão lobo, foi você que levou minha filha com um só olhar?"

"Eu não", respondeu o lobo de olhos vermelhos antes de dar as costas.

Um lobo passou a visitá-la quase todos os dias. E todos os dias ela formulava a mesma pergunta de um jeito diferente. Ela se via cada vez mais próxima do coração da floresta, e os lobos nunca a atacavam. Ela começou a se perguntar se o que o lenhador dissera poderia ser verdade, que um lobo havia comido sua filha no jantar.

No dia em que chegou ao âmago da floresta, ela começou a entender que, embora *pensasse* já haver estado ali, aquela parte densa e bela era um lugar que nunca vira. Havia algo familiar e ao mesmo tempo perturbador ali, como se fosse um lugar que ninguém tivesse o direito de acessar.

Uma toca na qual mil olhos de lamparina envoltos em névoa e escuridão a observavam, e, quando a névoa se dissipou e a luz a alcançou, o que ela viu a desestabilizou. Em um trono rodeado por lobos de todos os tipos e tamanhos, havia uma menina. Ela vestia a pele de um lobo vermelho sobre o corpo e duas espadas embainhadas atrás das costas.

Aos poucos, a certeza invadiu sua expressão. Ela correu na direção da mulher mais velha e a abraçou. Depois ela lhe contou por que nunca tinha voltado para casa.

"Minha mãe querida, sinto muito por nunca ter voltado para casa. O lenhador mau e os amigos dele estavam tentando destruir o mundo da floresta. Quando estava atravessando a floresta, eu entreouvi os planos deles. Eles me viram, me seguiram até a casa da vovó, a mataram e tentaram queimar a casa comigo dentro, porque assim poderiam continuar com seus planos malignos. Os lobos me salvaram e me treinaram para ser como eles. Hoje eu sou a Alfa e os protejo do lenhador e de seus amigos malvados."

Sua mãe prometeu que nunca contaria a vivalma onde a Chapeuzinho Vermelho estava. Esse segredo era a única arma que tinham para lutar contra o lenhador e seu bando. Em inúmeras ocasiões a Chapeuzinho Vermelho e os lobos defenderam com bravura a floresta e salvaram da extinção as criaturas que nela viviam. Com bravura eles lutaram, e logo sua mãe foi viver com eles para ajudá-los.

Então, quando você for contar a história da Chapeuzinho Vermelho, não se esqueça disto:

"Sua mãe lhe dissera
que ela poderia ser o que
quisesse quando crescesse,
então ela cresceu e quis ser
dentre os fortes a mais forte,
dentre os estranhos a mais estranha,
dentre os ferozes a mais feroz,
a loba que liderava os lobos."

A mãe de Cinderela lhe envia uma mensagem do céu

Quando você era só uma menininha, eu lhe disse para ter coragem e ser gentil, e é dessa forma que estarei com você ao longo de sua vida.

Você era tão pequena e doce quando a deixei sozinha neste mundo. A tristeza foi tanta que você pegou essas palavras, embrulhou-as com cuidado em um dos meus lenços de seda e dormiu todas as noites com elas sob o travesseiro.

Quando seu papai levou uma nova mamãe para casa, você fez tudo que podia. Você cozinhou e limpou, desgastou seu corpinho frágil até reduzi-lo a cinzas e sangue por ela e suas filhas, que falavam de você como se não estivesse presente, mesmo quando estava apertando seus espartilhos, costurando seus vestidos, ajudando-as a se vestirem. Nem uma palavra de gratidão lhes escapou dos lábios. Elas mandaram você para o lugar mais distante possível, para o sótão, mas você fez o que pôde para lidar bem com a crueldade delas, não fez, minha menina querida? Você dormia em um ninho de roupas puídas e palha, fez amizade com ratinhos que viviam lá em cima, dividia a pouca comida que tinha com eles em vez de afugentá-los.

Querida, algumas pessoas usam a palavra "família" para disfarçar suas verdadeiras intenções e esconder quem realmente são. Querida, eu deveria ter ensinado isso a você, deveria tê-la lembrado de quem você é. Eu deveria ter dito para você ser gentil, mas nunca se esquecer de que ser gentil não é se ver coberta de fuligem, usada, transformada em piada e esquecida. Eu deveria ter ensinado a você que ter coragem é se defender, e deveria ter ensinado o verdadeiro significado de amor-próprio.

Você não precisa esperar a permissão de ninguém. Ninguém vai achar que você vale menos quando decidir pegar de volta o que sempre foi seu por direito. Ninguém tem o direito de roubar do jardim do seu coração, aquele que você cultivou com tanto esmero, e engolir seu orgulho não deveria ser uma de suas tarefas domésticas. Não deixe ninguém lhe dizer que gentileza e coragem só podem tomar a forma de um comportamento autodepreciativo, que você não pode vestir sua autoestima como uma armadura. Defenda sua dignidade e mostre que é capaz de gritar.

O conto da madrasta

"As pessoas vão
trair você como Judas traiu Jesus,
como Brutus traiu César,
e você vai amá-las com a mesma devoção.

E a traição pode acontecer
de muitas formas diferentes.
Ninguém nos avisa
que a morte também pode
ser uma forma de traição.

Que a vida também trai
quando rouba de você a pessoa
de que você mais precisa, sua alma gêmea."

Ela nem sempre foi assim. Na verdade, nenhum de nós nasce mau. O mal é uma criação da humanidade. Ela já foi uma menina linda que cresceu trabalhando no moinho de farinha do pai; uma filha boa e gentil, como era esperado das meninas naquela época, e ela nunca reclamava, nem quando o trabalho se tornava difícil e cansativo.

Quando completou 18 anos, ela passou a acompanhar o pai nas idas ao mercado onde vendiam a farinha que produziam, e um comerciante rico a viu, uma jovem bela e trabalhadora, de sorriso fácil. Ao contrário da maior parte dos homens de seu tempo, ele tinha ideias progressistas. Em vez de pedir permissão ao pai da moça para se casar com ela, o comerciante primeiro pediu permissão a ela e depois a seu pai, perguntando se poderia cortejá-la. Ele não era belo, mas tinha um olhar gentil e mãos delicadas, e, depois de um bom tempo de cortejo, ela se apaixonou por ele. Eles se casaram, tiveram duas filhas, e, como acontece nos contos de fadas, deveriam ter vivido felizes para sempre.

Mas a vida, na verdade, havia planejado uma história triste para essa mulher e suas filhas.

Logo depois do aniversário de 7 anos de sua segunda filha, seu marido ficou doente e morreu. E, enquanto sofria a perda do homem que amava, ela descobriu como o mundo pode ser cruel com uma mãe solo que pariu mulheres. Antes ela vivia com conforto e podia oferecer o melhor às filhas, mas não demorou para que os cobradores começassem a bater à sua porta de hora em hora. Ela procurou trabalho, mas não encontrou nada que fosse adequado a uma mãe de duas crianças pequenas. Os meses se transformaram em anos, e elas se tornaram tão pobres que ela fez a única coisa possível naquele estado de desespero. Encontrou outro homem, um homem que não amava, mas que também perdera seu grande amor, e se casou com ele, prometendo ser mãe de sua filha órfã.

O desespero torna as pessoas amargas, e a essa altura ela via a vida como uma ferida aberta. Uma promessa não cumprida. Uma coisa sombria que deveria tê-la amado, mas tentou afogá-la. Vendo sua beleza ir embora, ela percebeu que não havia sido capaz de transmitir sua boa aparência às duas filhas. E, como agora conhecia a importância da beleza para as mulheres, já que era a única moeda que ela de fato tivera neste mundo, ficou ainda mais amarga. Então, quando viu Cinderela, com tanta bondade e tanta beleza, só conseguiu pensar: "Um dia eu fui assim". E quanto mais ela via a gentileza de Cinderela, mais queria roubá-la, porque assim Cinderela entenderia como a vida pode ser sofrida.

Ela é cruel com Cinderela porque quer ensinar a ela, à sua maneira terrível e equivocada, que:

"A vida não lhe reservará gentileza
só porque você é bela,
e ainda assim sua beleza
é sua única verdadeira moeda.

Se puder ensiná-la a ser
desconfiada e cruel,
e menos ingênua e gentil,
posso impedir que você
se torne alguém como eu."

Ela plantou flores em sua janela humilde para embelezar as noites no **sótão**

Lições de alguém que sobreviveu a anos de abuso

Ela ouviu o poderoso estrondo do trovão.
Ela se apaixonou pelo perfume do petricor.
Ela vasculhou a noite até achar uma estrela cadente.
Ela plantou flores em sua janela humilde
para embelezar as noites no sótão.
Ela surrupiou livros com palavras capazes
de tocar seu coração cada vez mais frágil.
Ela obtinha prazer em sentir o cheiro do pão
recém-saído do forno.
Ela ficou amiga dos ratos que viviam lá dentro
e dos pássaros que faziam ninho lá fora,
nas latinhas e caixas de sapato
que ela lhes dera.

Ela acreditou que essas coisinhas
pudessem ser uma forma de viver,
e foi assim que Cinderela sobreviveu.

Fada madrinha

Por anos eu fui um portão fechado.
Preces me brotavam dos lábios, afirmações
em duas línguas distintas.

Pergunte-me o que eu pedia,
e eu lhe direi: uma fada madrinha
que nunca apareceu para mim.

Mas me diziam que a fé age assim.
Trata-se de encontrar uma razão para crer
mesmo quando não há razão.

Então passei a encontrá-la em lugares inusitados.
Aquela vez que o carro não me atropelou por pouco.
Aquela vez que o mar quase me afogou e não conseguiu.

Aquela vez que pensei ter encontrado um final trágico,
mas acabei encontrando um recomeço
envolto em paz e tudo que há de mais sagrado.

Antes eu achava que a oração resolveria tudo.
Ainda acredito. Mas as orações
que entoo hoje são mais fortes, têm mais fé.

É que, no fim, eu descobri a verdade.
Minha fada madrinha mora nos detalhes.
Minha fada madrinha é o coração
    que me mantém em pé.

Duas meias-irmãs incompreendidas

"Se um dia você quiser
entender como uma só palavra
pode diminuir e destruir
o amor-próprio e o valor de uma mulher,
pense no que a palavra 'feia'
causou às meias-irmãs de Cinderela."

Nenhuma criança nasce abusiva; isso é algo que ensinam a ela. E nenhuma criança nasce feia. Elas aprendem a se odiar com as ideias tacanhas da sociedade, que acha que devem viver lutando contra quem são.

Vou começar esta história, que causou tanta dor aos envolvidos, pelo começo.

Talvez essas duas irmãs parecessem garotas sortudas porque tinham lindos vestidos e tudo do melhor, mas também tinham o azar de ser as filhas não tão belas de uma das mulheres mais belas do mundo, um fardo que lhes pesou nos ossinhos até que seus corpos, por falta de opção, criaram garras. Este é o verdadeiro rosto do sofrimento: uma menina meiga e inocente que escuta tantas vezes que é feia que isso se torna uma tempestade que encharca sua inocência e a obriga a escolher a crueldade, não a gentileza.

Podemos dar a essa menina um milhão de coisas lindas, tecidos, colares e diamantes, mas, com nossas palavras cruéis, matamos a coisa mais valiosa que há dentro dela: a delicadeza que reside em sua alma.

Esse também é o verdadeiro rosto do instinto de sobrevivência do ser humano. Nós nos tornamos aquilo que nos machuca até deixar de doer.

Antes de mais nada, meninas são sobreviventes. Somos treinadas para esperar que o mundo seja tóxico e para reverter qualquer situação ruim desenvolvendo as habilidades necessárias para sobreviver. Ninguém nos avisa que essas habilidades podem ser tóxicas. Ninguém fala que às vezes nossa única opção é a crueldade.

Então, quando veem Cinderela, uma menina que possui tanto a tão cobrada beleza invejável quanto a inocência que lhes foi roubada, as duas descontam toda sua raiva nela. É isso o que acontece quando ensinam a garotas que as outras meninas são rivais, e não irmãs. É isso o que acontece quando fazemos mulheres acreditarem que a beleza exterior é tudo que importa.

Acabamos roubando seu coração, sua alma e sua ternura, fazendo-as acreditarem que nada disso importa.

É isso o que quero dizer:

"Se todas as meninas fossem ensinadas
a amar umas às outras profundamente
e não a competir
umas com as outras
e a odiar seu corpo,
que mundo belo e diferente
nós teríamos hoje."

Aprisionada

Agora você pode até estar calma e triste, menina,
mas você ainda é feita de sonhos insolentes,
por entre as silhuetas de pensamentos
que habitam a mente condenada que lhe prende.

Ele é volátil no amor
e ainda mais na violência.

Saber disso não precisa ser algo destruidor.
O conhecimento é uma arte sombria,
que quase transborda liberdade,
um poder trêmulo, maleável.

E cabe a você tomá-lo para si.

Você se chamava Alice
em homenagem à sua mãe, que liderou
jaguadartes e exércitos e conseguiu vencer.
Seu próprio jaguadarte aguarda você.

A coragem já corre no seu sangue.
Agora faça jus a essa coragem.

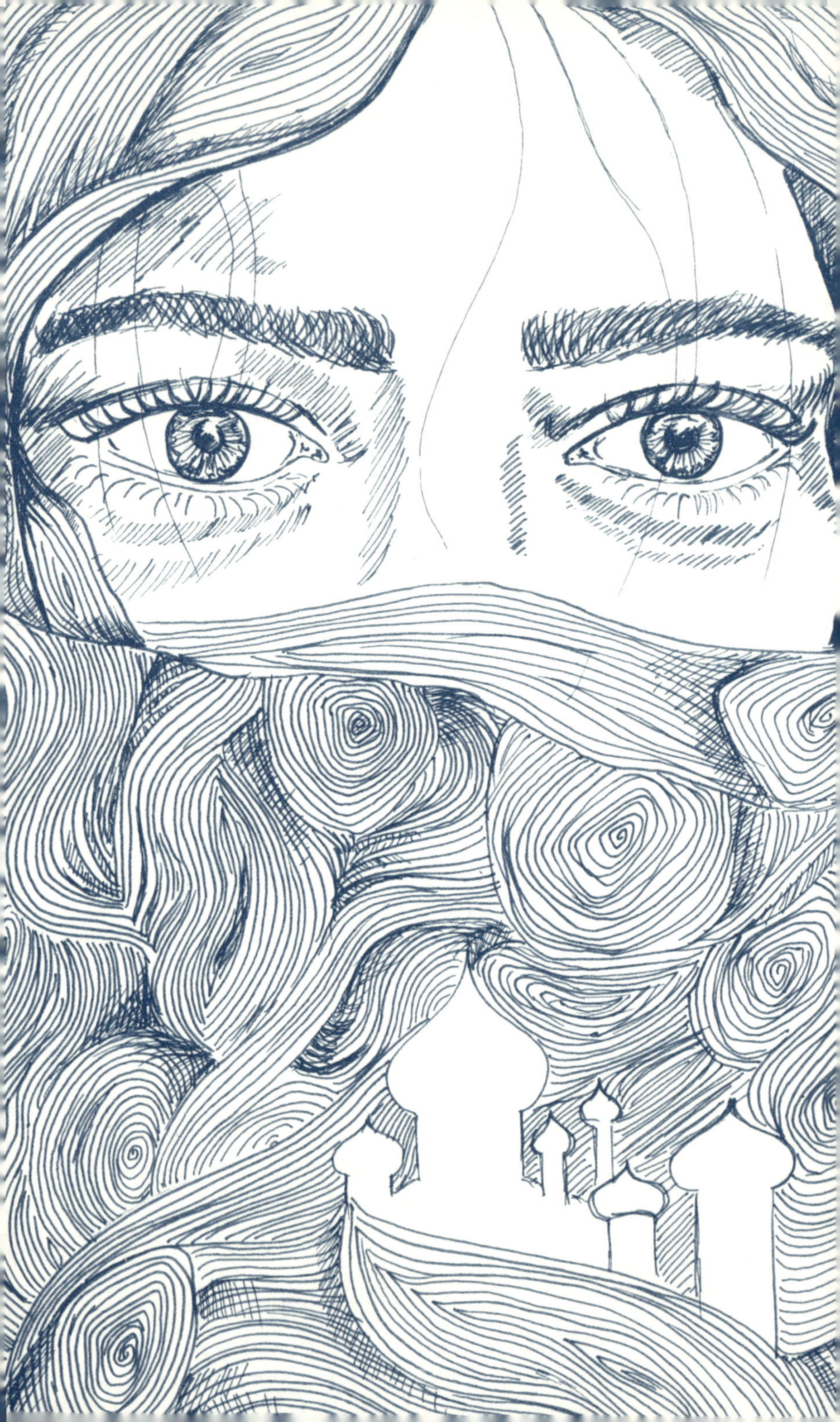

Badroulbadour

Seu pai deu a ela um nome
de pronúncia quase impossível,
mas qualquer filho de refugiado
consegue dizê-lo com tanta facilidade
que mais parece uma oração.

Um dia ela viveu em um palácio,
hoje vive em uma zona de guerra.
Seu conto de fadas terminou no dia
em que a primeira bomba caiu
e a primeira criança morreu.

Sua cidade não é mais cidade,
embora ainda seja sua casa,
coberta pelos corpos
daqueles que um dia foram seu povo
e que agora, graças à ira
    da Medusa missiva, são pedra.

A antiga princesa agora anda
sem rumo pelas ruas ensanguentadas,
tentando ajudar os órfãos
e dando aos feridos
comida e água.

Isso nada tem a ver
com o conto fantástico
de um menino e sua lâmpada;
não há mais gênios, o assassinato
metálico aqui foi outro.

Não existe tapete mágico
para salvar quem foi atingido.
Só Badroulbadour,
a princesa que virou paramédica,
a filha única e destemida do sultão.

O filho do sapateiro

Certa noite, quando a tempestade
   de areia subia no deserto,
Baba disse ao garoto:
"Filho de pobre faz trabalho de pobre".

"É o destino dessas pessoas, não tem jeito.
Elas não têm direito a sonhos.
Não podem construir palácios no céu.

Não têm direito a passatempos bobos
como magia e feitiçaria
ou flertes com a alquimia."

Mas algo milenar no coração do menino
não permitiu que ele desistisse do destino
grandioso que corria em suas veias.

Seu pai nunca deixaria de ser sapateiro,
em sua banquinha na feira popular
atrás da qual eles dormiam à noite.

E o menino acabaria ficando órfão,
porque tinha perdido a mãe muito cedo,
e não havia nenhum tio ou tia por perto.

Mas não se preocupem com essa criança,
porque ela é feita de fogo e força
e de uma necessidade intrínseca de aprendizado.

Ele implora para que os guardas do palácio
o deixem ser garoto de recados
e aos poucos coloca em prática seu próprio plano.
Ganhando a confiança de todos, ele conhece um médico
que ensina a ele todas as possibilidades que
um apotecário da realeza oferece.

Decidido, ele domina a magia química,
seduzindo as pessoas e progredindo nas teorias atômicas,
nas poções quase encantadas e na dedicação ao estudo.

Baba estava enganado; até filhos de homens
pobres podem, com sua astúcia,
construir destinos completamente diversos.

Quem diria que o humilde filho
do sapateiro um dia poderia se tornar
o vizir mais estimado do sultão Jafar?

.

Sherazade, a sábia

Uma mulher sábia é mais mortal
do que uma varinha mágica recém-criada,
e por isso mesmo ela é tão temida.
Ela é imprevisível, e "imprevisível"
é sinônimo de "ameaça" quando uma mulher
sabe tirar proveito dessa palavra.
É por isso que sempre tentam
roubar dela sua potência.
Difamá-la afirmando que ela
é perigosa, manipuladora, louca.
Arrancam às chicotadas o "não" e a rebeldia
de suas filhas o quanto antes,
para que não acabem ficando como ela.
A megera, a sedutora, a bruxa;
arranjam tantos nomes para expressar
desprezo por essa mulher,
porque ela impõe sua presença
em um mundo que obviamente não foi feito
para seres humanos como ela.

Mas de que outra forma uma mulher
    deveria sobreviver
senão com sua inteligência?
Tomemos como exemplo o sultão Shariar,
cuja masculinidade frágil
o levou a punir mil mulheres inocentes
casando-se com elas
e no dia seguinte as matando
por uma única traição
cometida por sua esposa
e ninguém conseguiu impedir a punição
que recaiu sobre todas as mulheres do reino.

Até que ele conheceu uma rival à sua altura:
uma garota armada apenas
    com sua inteligência e mil histórias,
uma para cada menina que ele matara.

Imagine essa menina, Sherazade,
visitando o lago morto onde os corpos
haviam sido afogados, falando com as mulheres
como se fossem sua irmandade:
"Eu serei a última, prometo a vocês,
eu serei a última".

E nenhuma outra garota
foi ferida depois que ela contou a Shariar
sua história infinita,
cheia dos contos dos espíritos das mulheres
que ele havia matado com tanta crueldade,
até que ele se viu obrigado a ceder
ao transe do feitiço de Sherazade.
Abre-te, sésamo,
uma menina torna-se uma rainha.
Abre-se, sésamo,
a filha do vizir se mostra mais astuta que um rei.
Abre-te, sésamo,
uma mulher ardilosa é mais forte
do que um bando de quarenta ladrões poderosos.
Abre-te, sésamo.
Essa é a bruxaria mais antiga
que já existiu, e nunca vai deixar de existir.
Abre-te, sésamo. Abre-te, sésamo. Abre-te, sésamo.

Vilã do País das Maravilhas

Sim, sou terrível
Sim, sou tristíssima
Sim, sou intragável

Não, não peço desculpas
por tudo que sou
pelo que me trouxe até aqui

Eu sou essa coisa perversa
que vocês adoravam odiar
e agora o terror que lhes tira o sono

Me chamem de decrépita
Me chamem de estúpida
Me chamem de esdrúxula

Nenhum desses nomes
pode me magoar dessa vez
Eu sou tudo que há de mais atroz

Eu não nasci
para ser gentil com vocês
Eu nasci para devorar monstros por prazer

Eu nunca menti
Eu nunca disse que não errava
Eu nunca disse que era santa

Quando fizeram piada
e me xingaram daquelas coisas na infância
vocês cometeram um erro terrível

Não era silêncio
aquilo que viram na minha cara
era eu me camuflando para a guerra

Vocês podem até me odiar
mas eu sou ao mesmo tempo pecado e pesadelo
Eu tenho raios debaixo dos pelos

Sou tanto a tempestade quanto a calmaria
sou a rainha dos corações que consumo
vocês me transformaram em um disparate

Agora nada poderá salvá-los
quando se olham no espelho
quando tentam dormir à noite

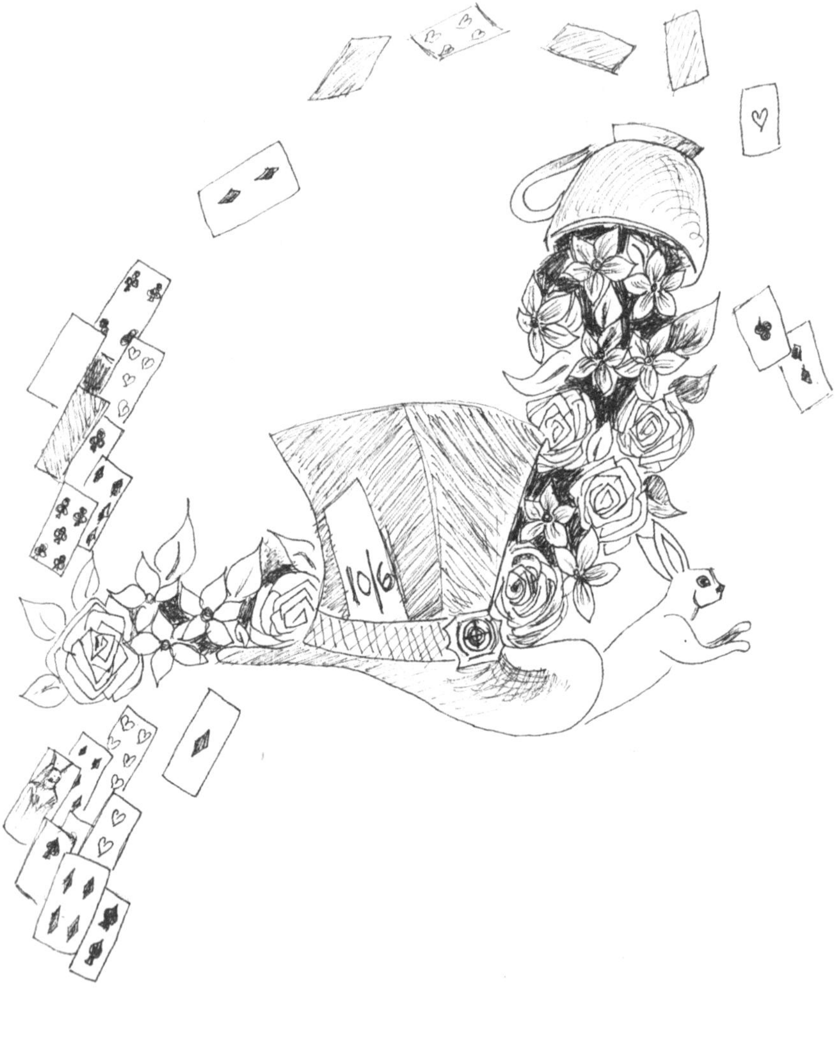
10/6

O Chapeleiro

Para entender o que fizeram com o Chapeleiro, primeiro preciso lhe contar sobre as pessoas que sabem brincar com sua fragilidade sem nem mesmo encostar em você — um tipo de abuso conhecido como gaslighting.

Você diz que algo aconteceu, a outra pessoa diz que não.

Você diz que só pode ser, a pessoa diz que não.

A outra pessoa desfia a dor que alguém deixou na sua mente e costura um fantasma com esse fio.

Constroem para você um país das maravilhas sombrio e pedem que você o chame de casa. Dizem: "Por que você não consegue ser feliz?". E você não consegue, porque nessa história a felicidade é uma rainha na qual você não confia e que foi construída a partir das suas decepções.

Quando isso acontecer, você será como o Chapeleiro. Uma pessoa presa aqui, neste mundo de conto de fadas, já quase louca porque alguém que você ama mente sem parar.

Está chovendo, meu bem? "Não está, é só um corvo."

Isto é uma porta, será? "Não, é uma escrivaninha."

Isso é a minha mente? "Não, agora é minha toca do coelho, e eu vou fazer você cair tão fundo que não vai mais conseguir sair."

É por isso que o corvo se torna algo muito próximo de uma escrivaninha, charadas e memórias sem sentido ganham relevância, já que nada mais faz sentido.

Você começa a se perguntar se tudo que pensou até hoje de fato aconteceu, e é *assim* que essa pessoa agride você. Essa violência deixou hematomas e cortes no seu cérebro, e ninguém sabe que essas marcas estão ali.

Agora, duvidar de si se tornou uma reação automática. Confiar em si deixou de ser um reflexo e virou um processo longo e árduo.

"Disseram que o Chapeleiro
era totalmente maluco.
Porque sua maldição
é precisar se lembrar
e se esquecer um pouco.

Também dizem que eu enlouqueci
porque a minha maldição
é encontrar a cura me lembrando
de tudo que você tentou
me fazer esquecer."

Como um herói se torna vilão

Um trauma sem tratamento
é capaz de transformar
você em vilão.

Ninguém entende como menininhos
que salvam vilarejos e se tornam heróis de guerra,
que têm pais que esperam apenas
que sejam corajosos, mesmo que isso
seja um fardo mental, se tornam
vilões sem fazer nenhum esforço.

Como a palavra "não" se torna um gatilho,
como o amor rejeitado se torna um amor-próprio
cuidadosamente reconstruído e desfeito,
como pensar em perder o amor e vê-lo
entregue a outra pessoa derruba
a máscara que você criou com tanto cuidado.

Que você nem sempre foi um cara malvado,
arrogante, obsessivo e ensimesmado, mas que
é assim que você se impõe para deixar
o menininho vulnerável bem escondido,
afinal, é isso que esperam de você,
o homem mais forte do vilarejo.

Que a obsessão é sintoma de uma coisa
sombria que não foi tratada, e que embaixo
da arrogância você na verdade esconde um monstro,
um segredo que fica aí dentro, e o que você sente quando vê
a menina que ama entregar seu amor a alguém muito
semelhante ao demônio que você enfrenta toda noite.

É assim que um herói como Gastón
se transforma no monstro da história que poderia ter sido
sua única chance de encontrar o amor verdadeiro.

Encare como um aprendizado.
Nem todos os heróis usam capas.
Alguns são cobertos de escuridão, outros de cicatrizes.

Você não precisa ser bom para ter **coragem.** Você não precisa ser uma pessoa perfeita

A beleza e a bravura

Vou lhe contar um segredo
que ninguém quer que você saiba.

Você não precisa ser bom para ter coragem.
Você não precisa ser uma pessoa perfeita,
com a consciência totalmente limpa,
com o coração repleto de alegria,
tudo na mais sagrada pureza.

As pessoas dão a entender que os corajosos nunca mentem, mas a verdade é que todos nós mentimos pelo menos duas vezes por dia, e isso não tem nenhuma relação com a coragem que somos capazes de abrigar no coração.

Quando decidi salvar meu pai, não foi um ato de coragem. Eu só estava com medo de perder a única família que tive. Talvez tentem convencer você de que era só coragem, mas a história prefere não revelar que muitos heróis são movidos pela ansiedade. É melhor do que ficar esperando, do que deixar a preocupação invadir sua mente como um demônio. As pessoas ansiosas são engenhosas, precisam saber represar o mar de pânico para não acabar se afogando.

Quando escolhi ficar no castelo no lugar do meu pai, não foi um ato de coragem. Foi um ato de amor. Pensar que ele ficaria ali, doente, velho, naquela prisão úmida, sob os cuidados daquela criatura bestial, quando eu, saudável, jovem, poderia ficar em seu lugar... É claro que escolhi ficar no lugar dele. O que você faria? Todos nós daríamos até as nossas cinzas por um pai que amamos mais do que a esse furor que é esta vida.

Quando escolhi voltar para salvar a fera, não foi um ato de coragem. Foi um ato de devoção e uma reação de pânico diante da possibilidade da perda. Aquele ser, que havia mostrado respeito pelo meu amor aos livros, que havia sido o único a conhecer quem eu era de verdade e gostava de mim como eu era, eu voltei por ele, eu não poderia deixar que o tirassem *de mim*. Não podemos abandonar as pessoas que nos aceitam como somos, e se você pudesse salvar todas as pessoas que aceitaram você completamente, não voltaria para salvá-las também?

"Vou lhe contar um segredo
que ninguém quer que você saiba.

Você não precisa ser bom para ter coragem.
Você só precisa saber amar.
Você só precisa abrir seu coração
e entender quem você é
e seu lugar."

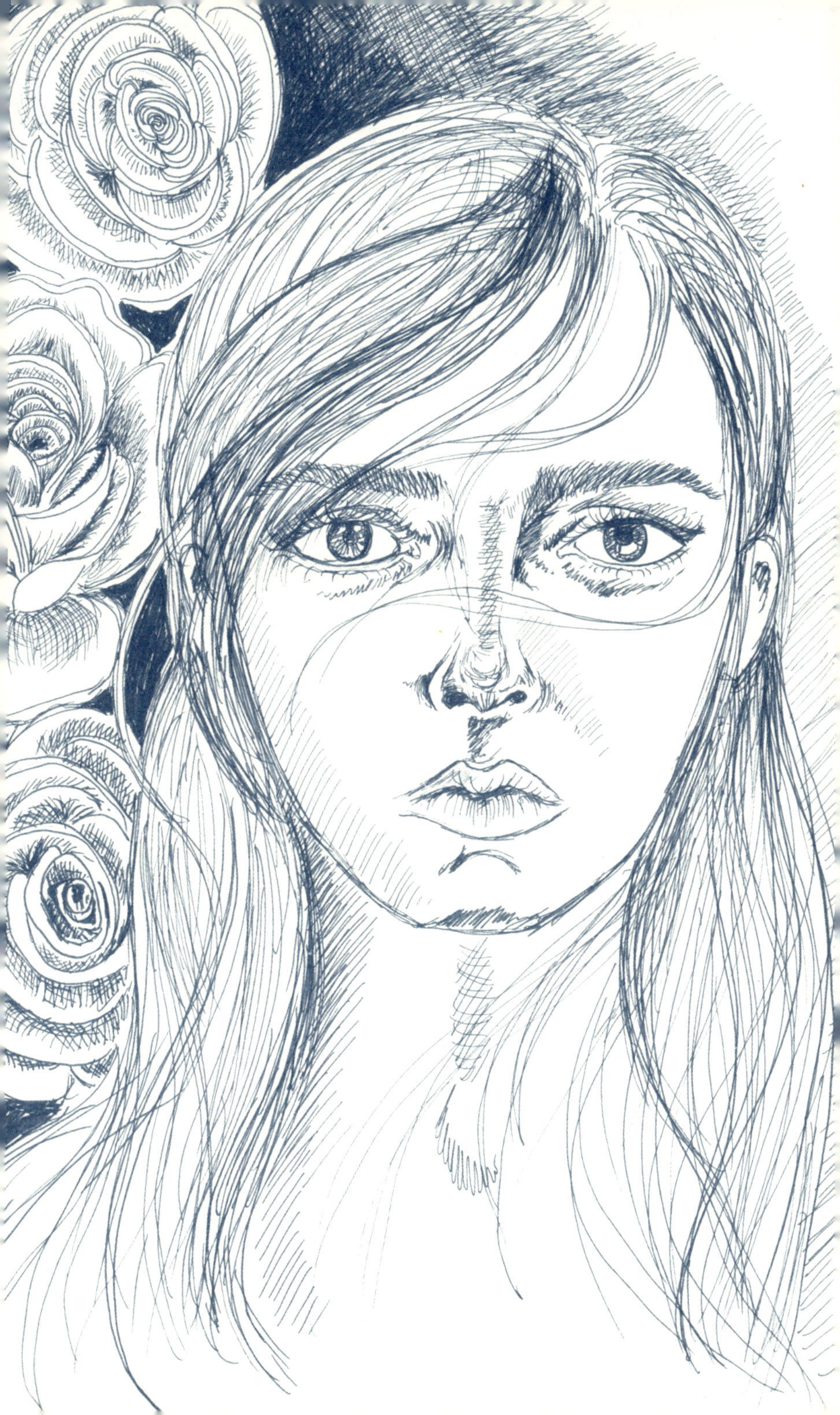

Pedro e o lobo

Escreveram essa história errado,
o menino gritava "lobo!", de fato,
mas ele não precisava ser salvo.
Ele sabia o que o lobo que havia
dentro dele estava prestes a fazer
e queria que todos estivessem avisados.

A fábula de João corrigida

"Todas as pessoas deste mundo
são capazes de decepcionar
as outras pessoas.

Escrevemos canções, poesia
e lindas histórias sobre isso,
mas a mágoa que uma pessoa

causa à outra nunca será bela.
Toda vez que um coração se parte
e se remenda, ficam cicatrizes.

Por isso falamos em coração
partido, e não em mera tristeza.
Para expressar a gravidade

da fratura."

A mãe de João sempre priorizava a bebida e o deixava em segundo plano. E toda vez ela dava a seguinte explicação: "Você precisa aprender a pensar mais em si, menino. Quem vai cuidar de você se não o fizer?". E ele usava essa mesma explicação para justificar a crueldade que ela lhe reservava. Era a isso que ele se apegava quando sua mãe descontava nele a raiva que sentia de seu pai. Quando não era ela, e sim a bebida, que se expressava em cada tapa. Quando ela esquecia que ele era muito pequeno. Quando ele ouvia os vizinhos falando baixo, soltando muxoxos: "Coitadinho, imagine só como é viver com *aquilo*", e ele sabia que não estavam de todo enganados.

Filhos de pais abusivos e alcoólatras aprendem a se justificar e a mentir para continuar vivos. Aprendem que uma boa mentira pode ser o que separa a estabilidade de uma surra. Quando você é muito criança, seu cérebro trabalha mais rápido para aprender a sobreviver, e perdoar sua mãe por sua agressividade se tornou algo que ele fazia por si mesmo, para que a própria mente não compreendesse que ele vivia no inferno.

Mas ela não era capaz de impedi-lo de ser uma boa pessoa. Ele herdou a bondade do pai, que, quando João era bem pequeno, nunca deixou de lembrá-lo: "Filho, milhões de pessoas morrem todos os anos, mas você continua aqui, e é porque você está fazendo alguma coisa do jeito certo".

Então João aprendeu a se concentrar. Ele pensou na velha senhora da fazenda pela qual passava todos os dias a caminho da escola, que era tão trabalhadora e nunca deixava de cumprimentá-lo com um aceno, mesmo que provavelmente ela sentisse dor. Ele pensou nos dois netinhos pequenos, que tinham perdido os pais cedo demais.

Mas seu pai também disse: "Sinto muito, não sei como posso te ajudar a entender por que sua mãe é como é. Só saiba que ela te ama, seja lá o que você pensar, tá?". E quando a pessoa que não é violenta apoia o genitor violento, isso só faz acrescentar mais uma camada de traição ao seu coração. A essa altura, tudo isso se tornou uma ferida aberta.

Então João tentava não arrancar a casquinha. Ele tentava se concentrar na alegria da velha senhora que ele via todos os dias, na alegria dos dois netos, mesmo que não tivessem nada.

Seu pai morreu depois de pouco tempo lutando contra uma doença grave. Sua mãe nunca deixou de repetir que ele havia sido um homem fraco. Pensando em como o pai sempre fora incapaz de enfrentar a mãe, João não conseguia discordar do que ela dizia. Então ele decidiu tentar ser uma pessoa melhor. Ele avaliou seu pai e sua mãe e pensou: "Tomarei para mim as melhores partes de vocês e farei um novo eu a partir deles". Foi assim que João se tornou bondoso e se tornou forte. Naquele dia em que sua mãe lhe deu a velha vaca para vender, ele colocou em prática ambas as qualidades.

Ele deu a vaca para a velha senhora da fazenda. No mínimo dos mínimos, ela teria leite para dar aos netos. Por insistência dela, ele aceitou o que ela chamava de feijões mágicos, embora achasse que os grãos eram só uma peça de mau gosto pregada naquela pobre mulher ingênua e trabalhadora. Ele levou os feijões para sua mãe e, pela primeira vez na vida, ele se impôs. E depois veio a tormenta, uma onda violenta, vários golpes, e os feijões foram tomados e arremessados pela janela.

Mas os feijões não eram a questão. Nunca haviam sido. A questão era que ele era melhor que seus pais. A questão era não disfarçar quem era para agradar a outras pessoas. A questão era deixar de ser vítima e se tornar sobrevivente.

"Na verdade, a história não era sobre o pé de feijão.

A história era sobre o abuso.

João nunca foi bobo.
Ele só subiu no pé de feijão
para fugir de seus demônios.

João nunca foi tonto.
Ele preferia enfrentar gigantes
do que a tragédia de ter uma mãe violenta."

Cachinhos Dourados

Foi isto que aprendeu Cachinhos Dourados
aquele dia na floresta com os ursos,
quando pegou
e quebrou coisas
que não lhe pertenciam:

há tantos lugares, pessoas
e infinidades emprestados
que fingimos serem nossos,
tudo por um segundo roubado
de felicidade,

só para quebrar tudo
e todos
que um dia amamos
e ver tudo
se perder no vazio.

As três vezes que você reconstruiu seu coração em formato de casa

Da primeira vez que seu coração
em formato de casa é destruído,
você é jovem demais para entender
que o amor pode ser um lobo.

Chamam isso de paixonite,
mas há algo de muito
violento nisso tudo,
violento demais para ser inocente.

Devagar, você o reconstrói.
Confiante,
você usa palha.
É melhor que nada.

E mais uma vez ele é dizimado.
Se desfez, por culpa dessa coisa
perigosa que sopra e sopra
e ninguém quer chamar de lobo.

Mais uma vez, você
se reergue dos escombros,
promete que vai ser mais forte
e faz um abrigo de madeira.

Mas nem isso adianta
para a coisa traiçoeira
que tem prazer em desfazer
seu coração carente e delicado.

Demora tanto tempo
para voltar a sentir e confiar
que agora você usa tijolos.
Você pensa: "Dessa vez não".

"Dessa vez ele não vai descobrir
um jeito de me destruir,
construí paredes mais fortes
que ele não pode derrubar."

E ainda assim o lobo vem.
Ainda assim a casa-coração,
por mais sólida que seja,
dá um jeito de desmoronar.

Fiquem
amigas
no útero
de seus
sonhos
encantados

Reivindiquem o conto de fadas

Não esperem que um príncipe as salve
beijando seus lábios
em um sono involuntário.

Fiquem amigas no útero
de seus sonhos encantados,
Bela Adormecida e Branca de Neve.

Não dependam de um homem que as salve.
Eles as prenderão em uma outra prisão,
pois é isso que os homens mais almejam.

A magia sombria corre por suas veias,
transformem-na em magia do bem,
    minhas meninas habilidosas,
encontrem uma à outra no reino da névoa,
ajudem uma à outra a acordar.

A filha da bruxa-dragão

Na infância,
em todos os livros que lê,
a filha da bruxa-dragão fica do lado
do dragão,
da bruxa, da feiticeira má,
porque desde cedo ela sabe
que as pessoas podem até
falar que alguém é mau,
mas isso não quer dizer que não há
nessa pessoa algo de bom.

Na adolescência,
ela aprende que aquilo que herdamos é
uma criatura fria e que às vezes
os filhos herdam os problemas
e a dor dos pais,
e noutras os defeitos
e erros dos pais.
Ela aprende que precisa
ter intimidade com a perda
para crescer sendo filha de sua mãe.

Ela aprende a adorar
seus dons,
as coisas únicas e
    ao mesmo tempo terríveis
que vieram de sua mãe.
E só então
ela percebe
que a filha
de uma vilã
às vezes é
quem tem mais sorte.

É que, enquanto outras pessoas
só receberam amor e sofreram
muito para aprender
a sobreviver,
a mãe *dela* lhe ensinou
a cuspir fogo
porque assim, se a jogassem
para os lobos,
ela poderia queimar
seus corações.

Bela acordada

Sabemos bem como são os contos de fadas. Era uma vez em uma terra distante um rei e uma rainha sem filhos que finalmente são abençoados com uma filha. Eles ficam tão felizes que oferecem um belo banquete para o qual convidam um grupo de fadas, mas sempre acabam se esquecendo de uma. O motivo do esquecimento sempre muda. Se eles não sabiam de sua existência ou se ela não é convidada porque é má, isso ninguém sabe. Seja como for, essa fada fica ofendida, amaldiçoa a criança a morrer antes de seu aniversário de 16 anos e desaparece antes que alguém possa tentar perguntar o que houve ou negociar com ela, o que é muito conveniente.

Por sorte, a bênção que uma jovem fada oferece à princesa neutraliza parte do desejo de morte e o transforma em um sono que dura um século. A única coisa capaz de enfim despertá-la é um beijo de amor verdadeiro. Mas e se houvesse outra solução? E se seus pais nunca tivessem lhe escondido a maldição, se tivessem contado à princesa o que lhe aconteceria e por isso ela ficasse com depressão profunda? E se a princesa pudesse despertar a si mesma e não precisasse depender de um desconhecido que encostasse os lábios nos dela, durante o sono, sem seu consentimento?

Nesta história, a Bela Adormecida é uma menina quieta que tem seus demônios, mas que faz o que bem entender de sua vida. É dona de um bom coração, mas há um fogo dentro dela, e ela não obedece às regras impostas às princesas como seus pais gostariam. Ela não gosta

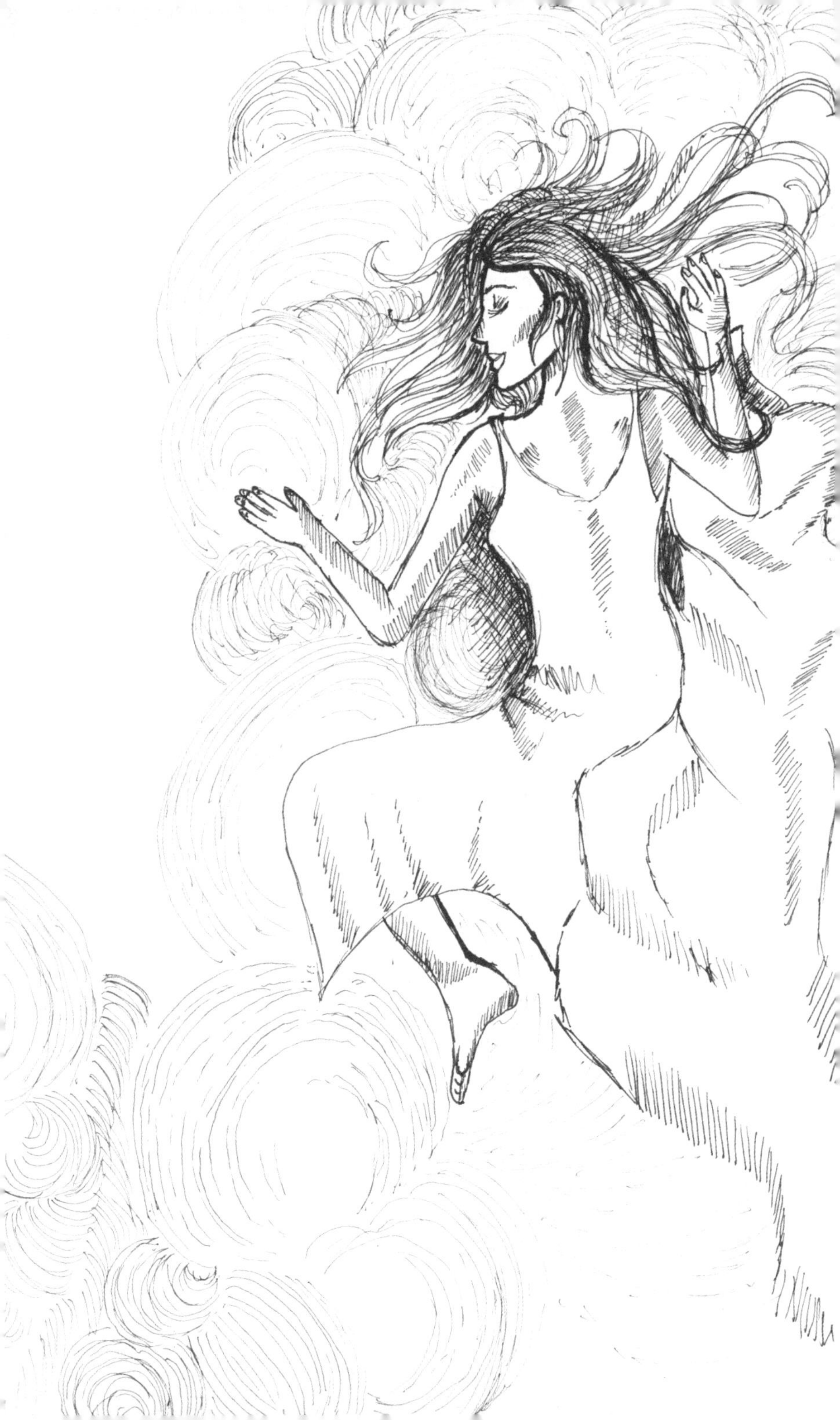

das falsas gentilezas que trocam com outras pessoas abastadas e prefere se isolar nos bailes do reino. Ela valoriza seus momentos de solidão e passa seu tempo com as pessoas que não a exaurem, como seu pai, com quem discute políticas internas e administração. Ela passa mais tempo em roupas do dia a dia, andando pelos vilarejos, escondida, aprendendo sobre seu povo, ainda que seus pais, por medo de que ela acabe morrendo, tenham proibido que fizesse isso.

Uma menina assim não está acostumada a depender de outras pessoas. Ela sempre foi muito confiante. Por isso, quando ela finalmente adormece, tentando ajudar uma velha a senhora que tem uma roca que perfura seu dedo, a última coisa que ela pensa não é em pedir ajuda, e sim em como vai conseguir se salvar.

É que sua mãe não lhe escondeu a verdade sobre a maldição, e essa menina curiosa vem bolando um plano desde os 4 anos de idade. Dentro de seu coração, ela sabe que o amor mais verdadeiro que pode encontrar é o amor que sempre guardou dentro de si.

Essa princesa intelectual, que passou muito tempo pesquisando sobre a maldição que lhe foi imposta, percebe que a solução está ali, dentro de sua mente. Desde muito pequena, ela sempre lutou contra o monstro que chamamos de depressão, pensando que está fazendo hora extra na terra. Ela não quer acordar sendo a noiva prometida de um príncipe. Não. Ela quer ter a chance de decidir quem amar e como viver sua vida.

Ela vem entoando feitiços que encontrou todos os dias para fortalecer sua mente. Todas as noites ela trava uma guerra contra a depressão, o demônio mais sórdido que há.

Em vez de esperar por um príncipe, no instante em que adormece ela adentra as profundezas da própria mente traiçoeira e começa uma jornada para encontrar a causa da maldição. Ela atravessa desertos e enfrenta monstros em batalhas, e daí em diante tudo fica cada vez mais difícil. Ao longo de 99 anos, a Bela Adormecida luta até encontrar a raiz da maldição. Ela está escondida na câmara mais profunda de sua mente, trancada a chave, e que só pode ser acessada se ela se lembrar do verso de seu próprio coração.

Por três dias e três noites, ela recita o amor-próprio e tudo que suas centenas de batalhas lhe ensinaram. Finalmente, ela consegue entrar na câmara e encontra uma versão de si mesma entregue a um sono muito, muito profundo.

A Bela Adormecida beija a própria testa e desperta a si mesma. Ela sorri ao ver o que conquistou. Afinal de contas, o amor mais profundo que podemos ter é o amor que temos por nós mesmos. E é assim que ela deixa de ser uma bela adormecida e se torna uma princesa desperta e consciente, governa o reino de seu pai com precisão e generosidade até que, quando já está velhinha, sua hora finalmente chega.

Sete

Havia sete deles. Chame-os do que quiser. Pecados. Anões. Tubarões. Não importa. O que importa é o que acontece nesta história depois do "e foram felizes para sempre".

Gula me visitou para avisar que eu precisaria observar enquanto você exagerava, e um homem que exagera se descuida, perde coisas, ele já viu suas mesas cheias de comida só para você, mais pesadas do que o castelo de onde venho poderia suportar.

Luxúria veio dizer que eu veria seus olhos confundirem a pureza do meu sono com outra coisa, uma coisa envenenada, uma coisa boba, efêmera e pequena. E eu não serei capaz de dizer que você está enganado.

Inveja ligou para dizer que, muito depois do nosso "e foram felizes para sempre", você vai me substituir por outra pessoa, uma pessoa mais jovem, parecida com quem eu era antes; pele branca como a neve, cabelo preto como ébano, lábios vermelhos como sangue.

Avareza é a maneira como você deseja nós duas: uma para lhe nutrir, a outra para lhe salvar do seu próprio envelhecimento.

Preguiça me despertou. Era para termos sido. Eu era muito frágil, estava muito ocupada cuidando dos seus filhos, demorei muito para entender que um dia lhe perderia; quanto mais as ex-princesas envelhecem, mais nos vemos em uma história de terror,
e não em um conto de fadas.

Soberba falou. Recobrei meu orgulho quando percebi que eu era o poder da floresta inteira. Você era só um ser humano, mas a magia secreta do ventre da floresta reside em mim.

Ira havia se transformado em mim. Achou mesmo que eu ia deixar você se safar depois de me transformar em uma rainha acamada e arrancar um herdeiro de mim, depois de me transformar em uma coisa envelhecida e inútil? Minha madrasta fez bem em se tornar uma bruxa má. De que outra forma uma mulher mais velha pode se proteger? Agora veja só, estou reduzindo seus navios a pó, seus exércitos a nada, olhe como faço um maremoto de magia na sua floresta, como pego esse amor que você deixou apodrecer dentro de mim e o transformo em uma coisa selvagem com o tesouro do "e foi feliz para sempre" que só pertence a mim.

A rainha má

Ah, puxa vida!
Você veio até aqui
em busca de uma donzela em perigo?
Uma rainha que espera pacientemente
por um cavaleiro destemido
que a salve de si mesma?
Você de fato pensou
que esta história acabaria
com você transformado em herói,
revelando a bondade que havia
na rainha má?

Olhe de novo, doçura,
porque alguém lhe escondeu
minha virtude secreta.
Eu *sempre* adorei
ser a fera.

Maria depois de João

Por acaso alguém já lhe contou o que acontece
se você mata uma bruxa enquanto é criança?
Que você deixa uma parte de si naquele
    cenário de livro infantil,
adoçado com memórias amargas?
Você é metade conto de fadas, metade menina,
seus pais escolheram abandoná-la,
seu irmão jurou nunca abandoná-la,
mas depois se casou e a deixou.
E aqui está você, remoendo suas falhas,
migalha por migalha,
tentando aprender a engolir a sobrevivência,
mas um lado seu continua diante da casa da bruxa.
Você ainda tem a garra e a determinação
que tanto surpreenderam aquele monstro
devorador de crianças; não foi o João, foi você.
E, ainda que traumatizada, aquela menina
    continua aí dentro.
Nossas histórias não começam e terminam
porque os homens nos quais um dia confiamos
    vão embora,
nós já nascemos inteiras,
contos só nossos, cheios de força e loucura.
O que quero dizer é: Maria,
você se define sem seu irmão,
você se define com sua coragem,
que sempre esteve entalhada nos seus ossos.
Ninguém lhe ensinou a sobreviver,
querida, mas você aprendeu sozinha.
Mesmo sem ele você é capaz de enfrentar o monstro.
Acredite no que eu digo. Você ainda é capaz
    de enfrentar o monstro.

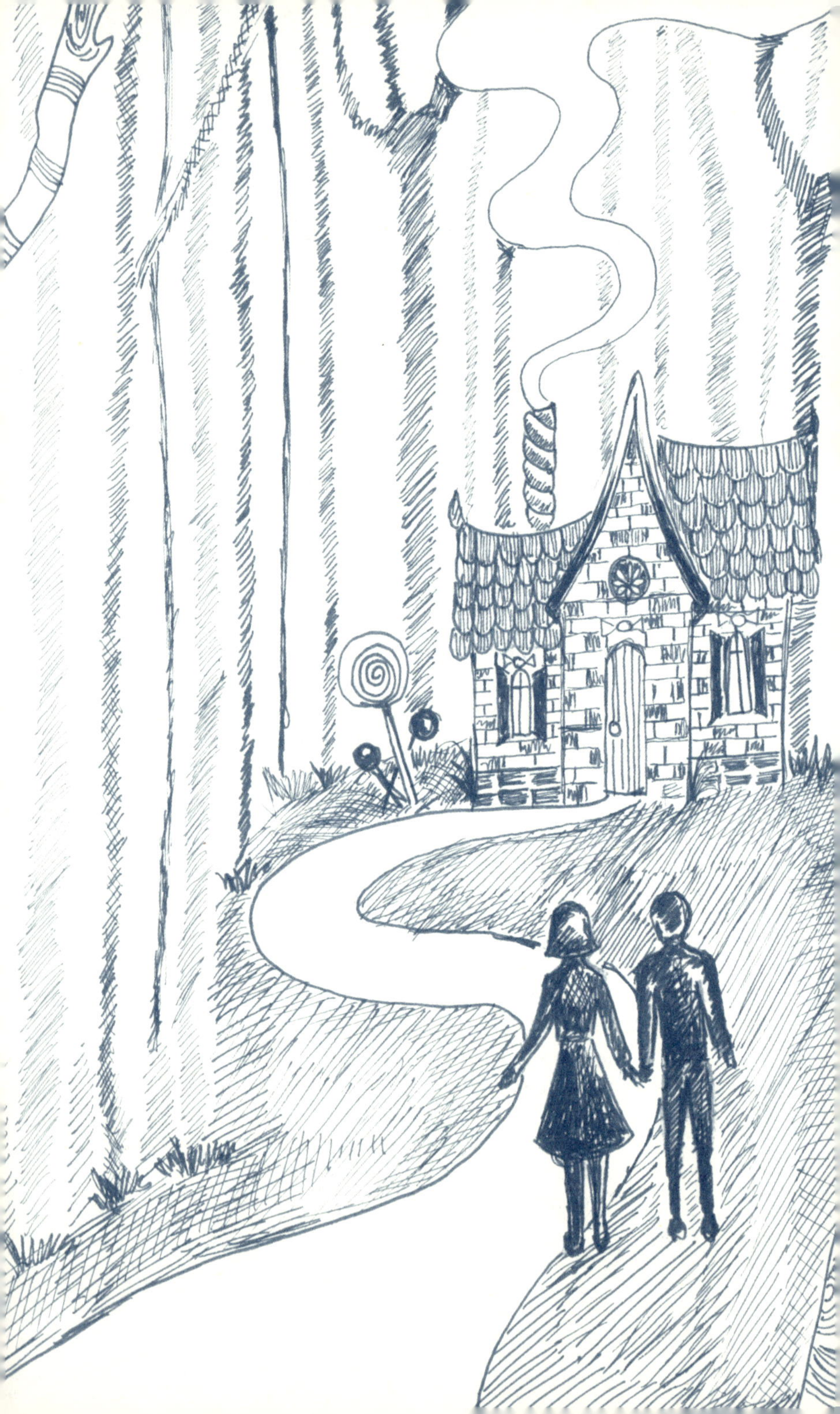

A carta de João a seu filho

Agora que você tem idade o suficiente para fazer promessas, quero que me prometa uma coisa, e prometa com convicção.

Prometa que você se tornará um homem melhor do que eu.

É comum que homens tentem transformar seus filhos em versões de si mesmos. Meu pai era um homem falho e tentou fazer de mim uma versão dele. Três vezes ele deixou minha irmã e eu à própria sorte na floresta. Homens que abandonam os filhos são piores do que bruxas que tentam comer crianças, e não se esqueça disso. As pessoas contam como seu avô ficou de luto por mim e por sua tia Maria, mas ele tinha escolha. E ele fez as piores escolhas. Ele escolheu minha madrasta, e não nós, e nunca o perdoei por isso. Ele escolheu a água, e não o sangue, as palavras, e não o amor; dos erros que um pai nunca deve cometer, ele cometeu todos.

O maior tesouro de um homem são seus filhos, as únicas pessoas que levarão adiante seu nome e sua memória. Que nome resta se esses filhos sabem que você os traiu, os abandonou na floresta por um pouco de comida?

Precisei me tornar o homem que meu pai não teve coragem de ser. E agora transmito isso a você.

Seja o homem que eu não tive coragem de ser.

Pegue meus erros e os transforme em algo melhor. Seja um pai melhor, um irmão melhor, você já é um filho melhor. É assim que vamos ensinar nossos filhos a serem mais, fortalecer nossa linhagem e permitir que sejam sua melhor versão.

Dizendo a eles: "Seja um homem melhor do que eu".

Belladonna

Mulheres que vivem sozinhas na floresta acabam ganhando fama. Sua independência remete à feitiçaria, como se uma mulher que quer ficar ou viver sozinha só pudesse desejar isso porque cultivou poderes sobrenaturais. Uma mulher sem homem só pode ser amaldiçoada, ou ser aquilo que amaldiçoa os outros.

Antes de ser Belladonna, ela era só Donna. Antes de ser Donna, ela era só uma menina quieta do vilarejo, dotada de grande talento para transformar venenos como a beladona em poções. Mas os boatos se espalharam cada vez mais, e de alguma forma a fábula da mulher discreta se tornou uma história sobre pão de mentira e telhado feito de bolo, e em algum lugar do caminho ela se tornou uma bruxa velha, e não um ser humano comum. Belladonna acordava todas as manhãs, uma mulher com cabelos escuros e longos e um sorriso gentil que reservava apenas às ervas que colhia diariamente. Seu chalé era feito de madeira maciça e uma grande quantidade de palha. A estrutura não era tão forte quanto a de uma casa de tijolos, mas era o que ela podia pagar.

Durante o dia ela andava pela floresta, colhendo ervas e fazendo cada vez mais poções, uma com mais capacidade de cura do que a outra. Algumas deveriam ser ingeridas, outras, de uso tópico, como uma loção. À noite, ela recebia a visita de pessoas do vilarejo vizinho, o mesmo vilarejo do qual havia sido expulsa por ser bruxa. Essas pessoas iam à sua casa escondidas, à noite, para curar suas moléstias com as poções da mulher, e ao mesmo tempo continuavam falando dela como se tivesse pacto com demônios.

Não há dúvida de que os seres humanos são egoístas. São capazes de estripar você e levar tudo de mais precioso, e ainda assim dizer as piores coisas de você enquanto fatiam seu corpo como se você fosse um naco de refeição.

Ainda assim, ela tentou continuar sendo boa. Mesmo quando os lobos uivavam na frente de sua casa, ninguém ia verificar se ela estava bem. Mesmo que eles continuassem a inventar histórias a seu respeito como se ela fosse descartável. As pessoas queimavam bruxas por causa de histórias, você sabe. Uma história não é pouca coisa.

Quando as duas crianças bateram à porta, ela as acolheu. Era a decisão correta.

Ela as alimentou e lhes deu lençóis de linho limpos, enquanto ela mesma dormia no chão. Mas há um monstro nesse conto. Um monstro cuja existência ela desconhecia. Durante o dia, quando ela saía, uma criatura ia até sua casa. Disfarçada de velha senhora, a coisa esperava a noite cair e, ao sair de sua casa, devorava algum morador do vilarejo que flagrasse andando sem rumo por ali. Sentiu o cheiro das crianças, e seu sangue jovem lhe encheu a boca d'água. A criatura entrou escondida na casa. Quando voltou, Belladonna viu que a coisa tinha sido queimada até morrer. As crianças, tão espertas, haviam fugido e levado essa história até o vilarejo mais próximo.

Logo, os moradores do vilarejo chegariam com tochas e forquilhas.

Logo, ela pagaria o preço da não magia.

Logo, ela seria reduzida a cinzas.

A mãe da Pequena Sereia fala com sua bebê na barriga

Escute o que digo: você é uma menina metade-mar,
e há algo selvagem na sua alma
    que você ainda precisa revelar.
Nenhum homem pode te ajudar
    a descobrir quem você é,
você deve fazer isso sozinha.
Busque suas aventuras, encare sua dor,
é a tristeza que vai lhe ensinar
a se tornar inteira.
A água e a natureza nunca a esqueceram
e nelas você sempre terá um lar.
Torne-se aquilo que seu sangue exige que seja,
uma Rainha Sereia que seu trono vai tomar.

O lamento da bruxa do mar

Para entender de verdade o que a bruxa do mar enfrentou, primeiro você precisa se lembrar do que acontece na primeira vez que você vive uma decepção amorosa. As pessoas sempre subestimam esse sentimento, dizem que você vai superar, dizem que os primeiros amores não são tão importantes quanto os últimos, mas essa primeira decepção é a morte da sua inocência. E, sem saber, você se entrega à escuridão que tenta te engolfar. Uma escuridão que você precisa enfrentar sem armas nem ferramentas: é isso que sentimos quando nosso primeiro amor termina. Alguns saem dessa escuridão quase intactos, e esses são os que tiveram sorte.

Porque alguns de nós nunca voltam.

E isso foi o que aconteceu na história da bruxa do mar, o ser incrível de corpo avantajado que tinha uma personalidade cativante na infância, levando a vida com riso, magia e alegria. Ela passava o tempo aprendendo a cuidar das criaturas marinhas que os seres do mar achavam muito feias ou assustadoras para receber cuidado. Peixes-piloto, barracudas e enguias eram seus amigos, pois sabiam que sempre poderiam contar com ela. Infelizmente para a bruxa do mar, o amor acomete todas as mulheres. Bem quando pensamos estar livres de suas garras, o amor consegue invadir nosso coração e nós cedemos, nos rendemos de todas as formas possíveis a ele. Por isso dizem que o amor significa para as mulheres o que a guerra significa para os homens.

A bruxa do mar, então com 16 anos, se apaixonou pelo Príncipe do Mar, que tinha 17 anos de idade. E ele também se apaixonou por aquela garota incomum, maravilhosa e dona de uma magia sombria. Mas ela pertencia a outra tribo, e ele sabia que sua família nunca aprovaria o relacionamento dos dois. Qualquer um pensaria que deveria ser simples, que quando duas pessoas entregam uma à outra seu coração o mundo se afasta e deixa que sejam felizes, mas isso raramente ocorre. O amor é tão complicado quanto a verdade.

Quando seu pai lhe deu um ultimato, exigindo que ele escolhesse ou seu futuro reino ou a bruxa do mar, o Príncipe do Mar escolheu seu reino. Parte dele era muito covarde e arrogante para ser capaz de viver como ela vivia, de maneira simples e protegendo tudo que os seres do mar descartavam.

Então à bruxa do mar só restou andar sozinha pela escuridão. E ela nunca mais saiu de lá. Para se salvar da destruição, ela agarrou o único bote salva-vidas que encontrou, aquele que cobriu seu coração com uma armadura e fez com que escolhesse a destruição que sua mãe, o mar, lhe havia transmitido através do sangue. A bruxa do mar não tinha nascido má. Ela ficou assim porque nunca pôde expressar suas emoções livremente. Em vez disso, ela as escondeu no fundo de si, onde infeccionaram e viraram veneno. É isso, esse estrago, que pode acontecer se não processamos o luto do nosso primeiro amor. Isso pode consumir, destruir e endurecer tudo que há de bom em nós.

Na história da bruxa do mar, ela não tinha ninguém a quem pudesse recorrer. Mas você, meu bem, tem um exército de estrelas para preencher seus dias de tristeza com o aconchego necessário.

Você não está só. Você tem esse universo infinito que lhe deu o dom da existência. Você não está só.

Uma Pequena Sereia mais velha e mais sábia usa sua voz

Há tantas maneiras de se perder a voz.
Uma risada constrangida, tente não se importar
com o que as pessoas vão falar de você,
com o que as pessoas vão falar de *nós*.

Hoje eu lhe pergunto:
será que as mulheres rezam para Deuses
que têm a fala mais suave do que os homens?
Será que os homens rezam mais alto
e com mais liberdade do que as mulheres são capazes?

Somos ensinadas a não falar e, quando o fazemos,
a ser adaptáveis, passivas, delicadas, gratas.
É melhor ser como a água.
Só esperam que a água se adapte.

Agora eu lhe peço, como neta de Poseidon,
que abriu mão das barbatanas e da própria voz por amor,
não troque sua magia por nada nem ninguém.
Não ofereça o ritual da sua feminilidade como um sacrifício.

Ensino às minhas meninas metade-mar que sua voz
é a coisa mais poderosa que podem usar,
para que a palavra "não" se torne o feitiço
que as ajudará a ocupar o espaço que merecem.

Agora as sereias se tornam sirenas,
pois sirenas são monstros que nunca se submetem,
e monstros, diferentemente de meninas e sereias,
sabem se proteger muito bem.

Lições da Bruxa Não Tão Má para Dorothy

Uma vez conheci uma menina como você, e se alguém lhe tivesse dito estas coisas, ela também teria ganhado aquele final de contos de fadas em que pudesse ser feliz. No lugar dele, ela ganhou um final digno de vilã. E eis que essa menina era eu.

Quando lhe disserem como eu era má, como eu era cruel, como não viam a hora de se livrar de mim e como você teve a bondade de se livrar de mim, quero que você saiba que um dia fui uma menina como você, cheia de sonhos e ambições. Fiquei assim por causa de mentiras perversas. Nenhuma das histórias que as pessoas contavam sobre mim era verdadeira. Nenhuma. Disseram que eu era má porque não aceitei ser uma coisinha bonitinha cuja única função era diverti-las, como desejam que toda mulher seja.

Não deixe que a julguem por sua aparência. Sua aparência vai mudar com o tempo, querida, e você não merece ter por perto pessoas que se apaixonaram pelos seus vivos olhos azuis quando esse azul desbotar, porque essas são as pessoas que vão abandonar você.

Lembre-se de que seu coração e seu cérebro são muito mais importantes do que sua aparência, e eles vão impedir que as pessoas erradas tentem te guiar — seu coração vai ver as mentiras que elas têm na alma e seu coração vai ouvir as lorotas que pingam de suas línguas. Você está acima disso. Com a mente e o coração cheios de coragem que a ajudaram a libertar o leão, o espantalho e o homem de lata, você é mais preciosa e importante do que imagina.

Você tem tanta delicadeza no sorriso, e por isso vejo seu sentimento mais sincero. Não deixe ninguém tirar isso de você. Tiraram isso de mim e me endureceram, e isso só me trouxe tristeza. Sua delicadeza só vai lhe trazer sorrisos.

Nunca deixe ninguém reduzir você à sua beleza, por mais que seja um bom amigo ou amiga, companheiro ou companheira, alma gêmea, pai ou mãe, professor ou professora. Cabe a você, e só a você, definir quem você é.

A beleza sem bondade e coragem é só uma concha bela e vazia, meu bem. E encontramos muitas dessas no mar. As pessoas usam essas conchas como item de decoração. Então espero que você almeje muito mais do que ser bonita. Espero que você almeje ser muito mais do que uma coisinha linda que decora a casa de alguém.

Rapunzel, Rapunzel

"Rapunzel, Rapunzel, pergunte a si mesma por que você joga suas tranças. Pergunte a si mesma: será que alguém que a ama de verdade deixaria que seu cabelo fosse sujeitado a tanto desgaste?"

Às vezes não podemos confiar na pessoa que nos cria desde o nascimento, embora todos os sinais ao redor digam que deveríamos. Às vezes as raízes começam a apodrecer muito antes de a árvore sentir. Às vezes basta observar uma passarinha ensinando um passarinho bebê a voar para que nos lembremos do que nossos pais deveriam fazer: nos ensinar a voar para o mundo e aprender a cuidar de nós mesmos quando estivermos soltos. E não trair você em nome de um amor egoísta. Não trancar você em uma torre e privar você da liberdade de ser quem é.

"Rapunzel, Rapunzel, ela começou a repensar como e por que jogava suas tranças."

Para Rapunzel, tratava-se de perceber que ninguém que a amasse de verdade usaria qualquer parte de seu corpo, e nem seus cabelos, como escada. Ninguém que a amasse de verdade a esconderia do mundo em uma torre. Quando enfim reconhecemos que o amor tóxico é apenas uma ferida profunda e dolorosa, devemos fazer o que há de mais drástico e doloroso e cortar pela raiz o cordão venenoso que nos une.

"Então Rapunzel, Rapunzel, ela cortou os cabelos e os usou como corda, desceu da torre e fugiu para procurar sua liberdade, para criar seu destino, como um pássaro que enfim se vê livre das correntes e nem sequer olha para trás."

Ninguém virá salvar você, meu amor. Nenhum príncipe, nenhum salvador, nenhum cavaleiro de armadura reluzente. Mas não se preocupe, não. Você já tem o poder que a salvará dentro de si, na sua medula, nos seus ossos.

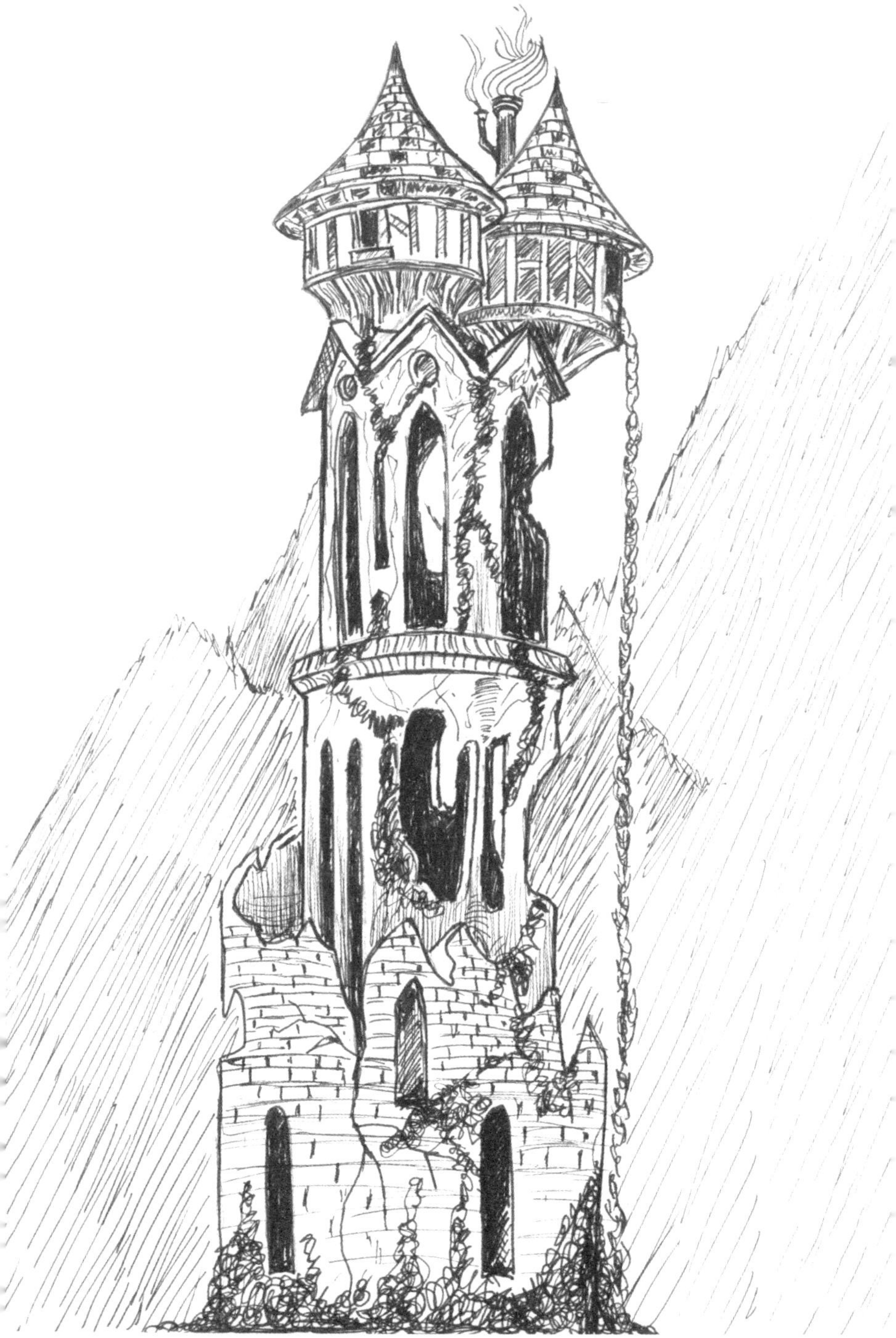

O bilhete que Rapunzel deixou para a Mamãe Gothel

Amar com moderação
e com segundas intenções
é como ter nas mãos abertas
meras migalhas do seu coração
e ao mesmo tempo exigir, por capricho,
que alguém lhe entregue
seu coração inteiro.

Se você não é capaz
de amar alguém plenamente,
é melhor e mais gentil
simplesmente não amar,
e não oferecer a alguém migalhas
que só servem para humilhar.

Baba Yaga

Quando lhe disserem que toda mulher vai ficando mais apagada, com contornos mais fracos e mais fácil de ignorar à medida que envelhece, sorria e lembre-os de mim.

Lembre-os desta bruxa velha que vive na floresta, que viaja com seu almofariz e seu pilão, que ousa não ser viúva de ninguém, nem avó de ninguém, que mora em uma casa engraçada que se apoia em pernas de galinha, mas ainda assim é mais temida do que cavaleiros, imperadores e magos de todos os lugares.

Transformei minhas rugas em emblemas, aceitei com orgulho quando me chamaram de "maluca" ou "monstro". Minha cabeleira grisalha vale mais do que as espadas de mil soldados, porque homem nenhum tem coragem de me enfrentar a sós, a mulher que doma cobras e incêndios e gosta de chupar ossos.

Inventaram centenas de histórias a meu respeito para contar às crianças antes de dormir. Sobre uma bruxa carnívora que vai devorá-las na mesma hora se não se deitarem na cama e adormecerem rapidinho. Eu permiti, porque ninguém pode impedir que as pessoas vomitem mentiras, mas podemos deixar de ouvi-las, basta parar de prestar atenção. É que já estou ocupada demais jogando baralho com dragões e transformando chuviscos em tempestades quando me dá vontade. E adoro este corpo que questiona a sociedade e esta pele envelhecida que habito. Diga a eles que, se continuarem a me silenciar, vou continuar ensinando milhões de mulheres a envelhecerem como eu. A transformar o sentido de uma ruga em algo tão belo quanto os anéis de um velho carvalho. Lembrem a todas as mulheres de como a idade pode empoderá-las. Lembrem a todas as meninas, sem exceção, de que a juventude e a beleza não são nem sua prisão, nem seu único valor.

Por que o sol se levanta e se põe

Há muito tempo, pessoas negras, cujo tom de pele se assemelhava à canela, nasciam no céu. Moravam entre as nuvens e, quanto mais preta era sua pele, mais tempo viviam, porque isso significava que o sol as amava mais. Ninguém dormia, porque ninguém precisava dormir, e o sol passava o dia inteiro no céu. A noite não existia. Não precisava existir. Meninos de pele marrom-avermelhada brincavam no céu, mães de pele castanha olhavam seus filhos de pele preta brilhante que voavam para longe, sem medo nenhum, porque eles sempre voltavam e ninguém tinha medo de nada, ninguém precisava ter medo.

Até o dia em que os homens da terra chegaram. Eles viram as pessoas do céu e quiseram ter o que elas tinham. Alegria. Mas os homens da terra não sabiam que a alegria não era uma mercadoria e pensavam que os raios de sol eram o ouro secreto que tornava essas pessoas tão felizes. Os homens da terra caçaram todos os meninos, meninas, mães e pais de pele negra. Cortaram suas asas. Tiraram-nos do céu. Trouxeram essas pessoas para a terra e as colocaram em navios para serem escravizadas, e lhes roubaram o sol, as casas e até seus corpos. Ainda assim, as pessoas do céu cantavam. Ainda assim, elas aguentavam firme. Ainda assim, elas faziam magias de sobrevivência e se mostravam espiritualmente poderosas. É que seres amados pelo sol não podem ser destruídos tão facilmente. O sol, quando perdeu seu povo, ficou de luto e deixou o céu inteiro preto, deixando sua irmã, a lua, e suas amigas, as estrelas, em seu lugar. E até seu povo reaver sua glória, ele se levanta todas as manhãs para procurar essas pessoas, para torcer que voltem para casa, mas todos os dias ele fica sabendo que ainda sofrem preconceito e violência, que ainda são subjugadas, que seus filhos ainda são assassinados, por isso ele volta a pintar o céu de preto com sua tristeza, mais uma vez deixando sua irmã lua em seu lugar.

O sol ainda tem esperança de que um dia eles voltem a sentir alegria. E, até lá, ele vai pintar o céu de preto para que saibam que é por eles que ele se levanta e se põe.

Por que as folhas mudam de cor

A primeira menina que nasceu com pele cor de âmbar era filha da própria Mãe Natureza. Ela nasceu de uma semente que a Mãe Natureza plantou no solo mais escuro, mais puro, mais fértil, e logo surgiu uma flor, e a flor se abriu e revelou a menininha mais linda do mundo.

Um dia, quando a menininha estava brincando, o Céu, que era seu irmão, com inveja de sua beleza, e ressentido porque sua mãe vivia feliz e distraída desde seu nascimento, a roubou e a levou até uma estrela tão distante da terra que a Mãe Natureza não podia alcançá-la.

Em seu luto, a Mãe Natureza pegou todas as folhas que havia na Terra e as tornou âmbar.

A menininha se criou nessa estrela, afinal, tinha puxado à mãe, e a força lhe caía muito bem. Ela se tornou majestosa e independente, e sabia lidar com todas as coisas sozinha porque sempre estivera sozinha desde seu nascimento. Quando a garota enfim atingiu a idade para explorar o universo por conta própria, ela viajou pelas estrelas, encontrando beleza em milhares de planetas, mas em nenhum ela se sentia realmente em casa. Até, é claro, o dia em que se deparou com um planeta azul muito bonito com folhas cor de âmbar. Andando pelas folhas douradas, ela se lembrou de quem era, e quem era sua mãe, pois essa é a magia do vínculo que os filhos têm com suas mães. Eles se lembram delas mesmo quando estão a milhões de quilômetros de distância. Por que você acha que boas mães podem dizer coisas como "eu te amo até o infinito" e você simplesmente *sabe* o que elas querem dizer e *sabe* que é melhor não questionar?

Quando a Mãe Natureza sentiu lá no fundo que sua filha tinha retornado, ela a pegou nos braços e fez com que todas as folhas voltassem a ser verdes. Mas, como sua menina a encontrara de novo a partir das folhas de um tom dourado de âmbar, isso acontece todos os anos como comemoração. Dizemos que é uma estação. Seu nome é uma homenagem à filha única da Mãe Natureza. Nós a chamamos de Outono.

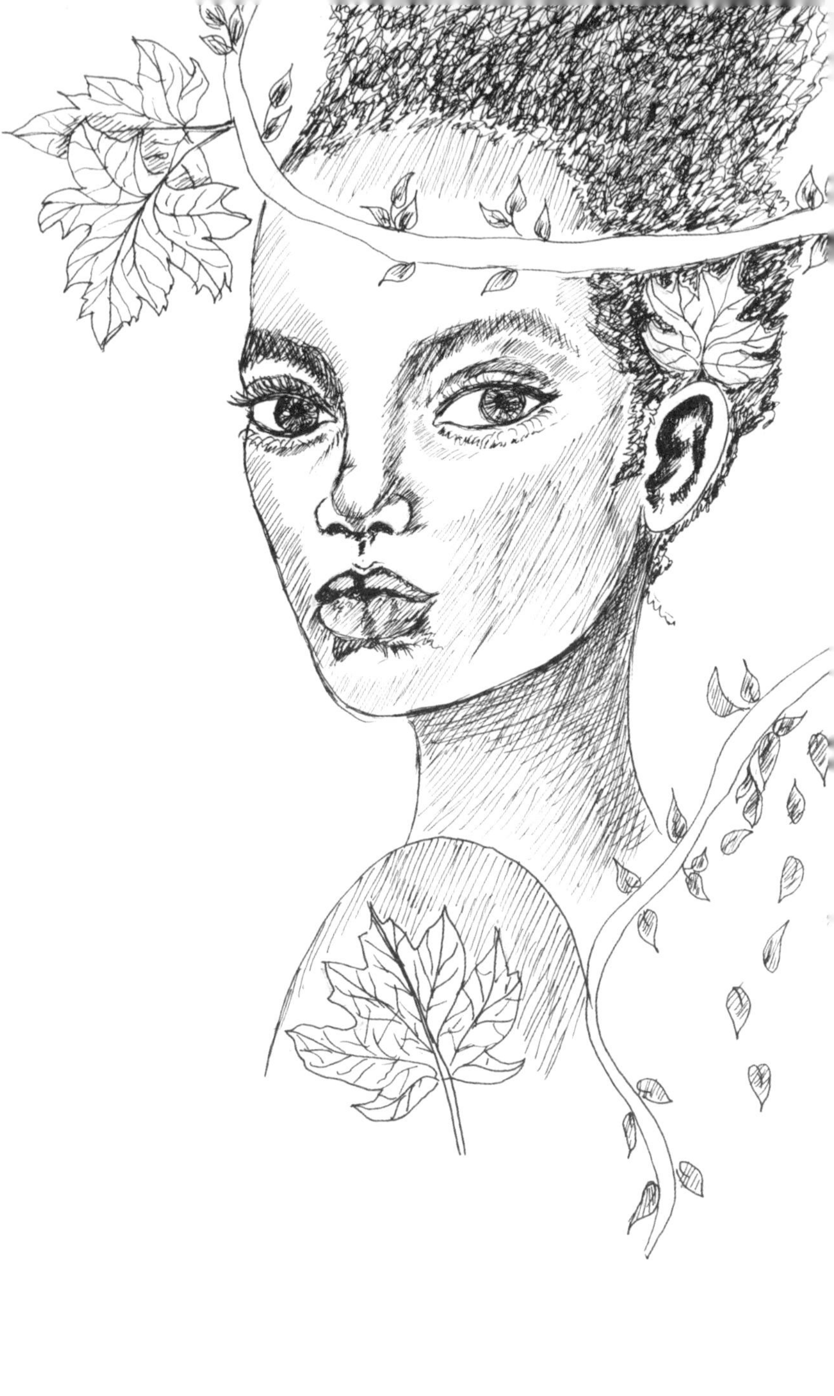

Por que chove

Garotas que têm peles que vão da cor do crepúsculo à cor da meia-noite sempre se sentiram alvo de violência em um mundo que diz que a noite é cheia de perigos só por causa da cor do céu, e ela não era exceção. Ela aprendeu essa lição observando como sua mãe e sua avó lidavam com as pessoas todos os dias. Em algum lugar entre frases como "este país não é de vocês" e "não vejo raça, só seres humanos", ela viu as duas conquistarem seu espaço. Aprendeu que mulheres que têm pele cor de brasa são feitas com tanta força interior que, mesmo quando a própria Terra tenta derrubá-las, enterrá-las com a poeira dos próprios ossos, elas continuam de pé.

No dia em que saíram de seu país para vir para esta terra, começou a chover. Quando chegaram aqui, também choveu. Ela começou a reparar que toda vez que via uma menina de pele preta magoada ou triste, chovia sem parar, caía uma tempestade. Quase como se o céu visse todas as injustiças que eram derramadas sobre seus corpos e chorasse por não poder ajudá-las.

Uma vez ela foi visitar uma bruxa. Muito tempo atrás, quando chegou a este país. Ela lhe perguntou sobre a chuva. E a bruxa lhe disse que isso havia começado milhares de anos antes. O céu chorando por meninas de pele preta. O céu sentindo a dor dessas meninas dentro de si, pesada, carregada de nuvens cinzentas cheias de tragédias a que nenhum ser humano deveria ser sujeitado.

É assim que sabemos que o universo nos vê. E é assim que sabemos que o que nos aconteceu é tão errado que até o universo consegue ver nossa tristeza. É por isso que o universo nos fez tão fortes, com trovões nas veias.

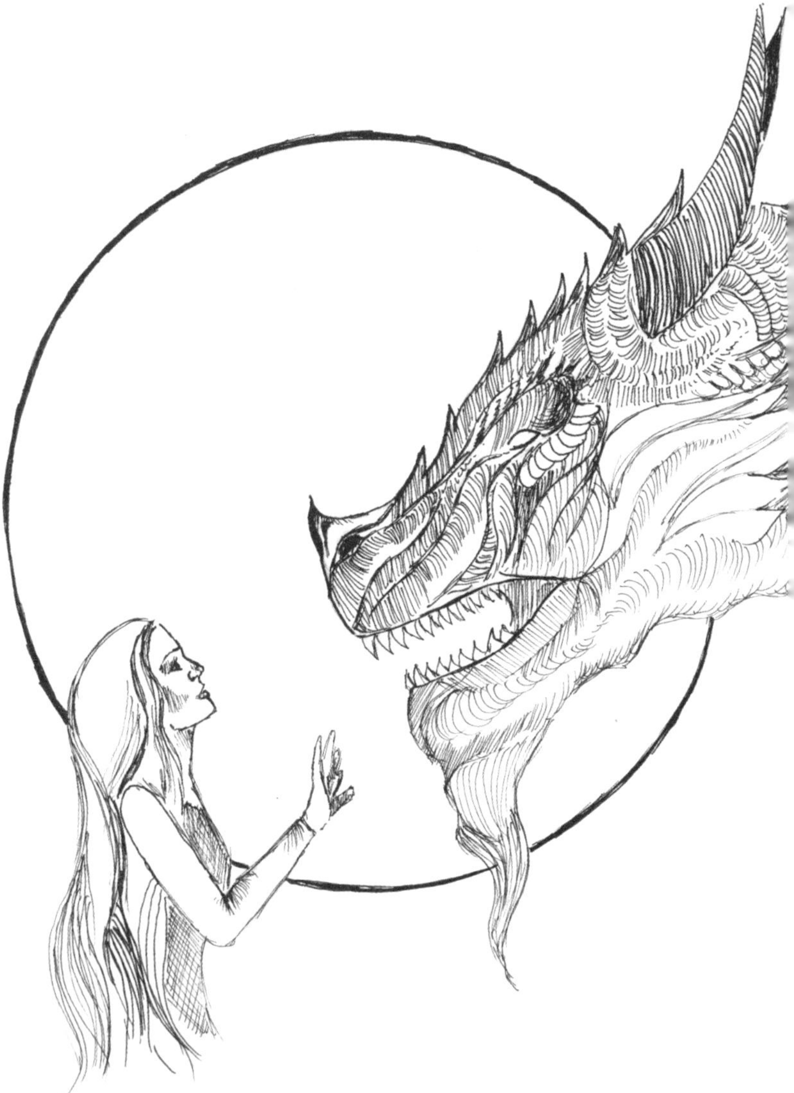

O dragão da lua

É uma história muito antiga. Há uma princesa presa em uma torre, sob a guarda de um dragão, e o príncipe deve derrotar o dragão para resgatar a princesa, e assim eles podem viver felizes para sempre. Você cresceu ouvindo essa história, não é? Mas ela está errada. Apresento-lhe o conto verdadeiro, e você pode tirar suas conclusões.

Era uma vez uma princesa, e quando ela era pequena, uma bruxa sábia lhe apareceu em seu quarto de brinquedos em uma tarde ensolarada e disse:

"Princesinha,
você deve tomar uma decisão atroz:
você pode escolher o silêncio
ou pode escolher uma voz.

Se o silêncio escolher,
você só poderá ser
mãe, esposa, filha,
mas se escolher a outra via
eu lhe darei a magia."

A menininha pensou um pouco e não teve dificuldade
para chegar à resposta:
"Velha senhora tão sábia,
com um coração tão generoso,
a primeira opção me parece
uma vida destruída.

Então escolherei a segunda,
porque gosto de ouvir minha voz
e ter o dom da magia
me trará imensa alegria."

Então a bruxa encostou seu cetro na princesinha e disse: "Espere a noite chegar e você renascerá". A menininha assentiu; não estava com medo. Então, quando a noite chegou, ela levantou-se da cama e foi até a janela para ver a lua. De repente viu seus braços e seu corpo se transformando em escamas e, quando se olhou no espelho, gostou de ver um dragão, e não uma menina, naquela noite.

Desse momento em diante, sempre que era tocada pela luz da lua, a princesinha se transformava em um dragão da lua com belas escamas azuis e roxas, e asas que pareciam infinitas. Quando a manhã chegava, ela voltava a ser humana e ria com secreta alegria enquanto sua professora lhe ensinava a ser a esposa perfeita.

Mas as coisas boas sempre vêm com um adendo, e o rei e a rainha acabaram descobrindo sobre os passeios noturnos da princesa. Desesperados, pensando tratar-se de uma maldição, construíram um castelo de muros altos, uma torre e um fosso, e a deixaram lá. A princesa se contenta com isso, tem uma biblioteca cheia de livros, torna-se amiga das pessoas que seus pais lhe deixaram como companhia e, às vezes, a bruxa a visita e as duas riem juntas de seu segredinho. Mas os boatos de que se trata de uma maldição circulam pelo reino, e segredos se transformam à medida que passam de um ouvido a outro, então, quando a notícia chega a um reino vizinho, as pessoas pensam que um dragão da lua que surge à noite está impedindo que a princesa viva sua liberdade.

Então um príncipe decide que é seu dever ajudar a pobre princesinha: ele vai matar o dragão e ainda encontrar uma bela e grata princesa para transformar em sua noiva. Ele se lança rumo à escuridão e, ao se aproximar do castelo, desembainha sua espada. Quando enfim entra no castelo e, com dificuldade, atravessa o fosso e escala o muro para chegar ao pátio, a noite está quase chegando ao fim. Da torre, ele observa o dragão voltando. É uma coisa magnífica, essa criatura voadora coberta de escamas, mas, para o príncipe, ela não passa de um animal que ele deve matar em troca de um prêmio.

Quando ele ergue a espada e grita com a criatura, os primeiros raios de sol iluminam suas asas e, de repente, diante dele há uma princesa que começa a rir ao ver a espada. "O que você veio fazer aqui, hein?", ela lhe pergunta, ainda gargalhando da expressão atônita do príncipe.

A espada cai no chão com um baque metálico, e o príncipe parece confuso. "É que me falaram de um dragão e uma princesa, e eu pensei que poderia...", ele diz com uma voz fraca, sem terminar a frase.

"Você pensou que eu precisava ser salva? Porque você precisa de uma esposa? Que coisa mais arcaica, e quanta condescendência."

O príncipe pigarreia e depois diz: "Bondosa princesa, eu farei tudo ao meu alcance para quebrar a maldição que transforma você naquela... naquela coisa".

"Aquela coisa, como você a chama", a princesa diz, "é meu lado mágico. Eu gosto de ser o dragão, e o dragão gosta de mim".

A princesa levanta uma sobrancelha. "Eu vou me amar assim. E eu nunca disse que queria ser a esposa de alguém."

"Mas, se não for esposa, você vai morrer solteirona", ele insiste.

"Eu sou metade dragão. Quem disse que eu vou morrer?"

O príncipe faz uma careta. Está claramente irritado e profere frases que qualquer pessoa sabe que lhe causarão arrependimento. "Acho que você precisa aprender que, se não for nem esposa nem mãe, você é uma bruxa, e neste mundo não há lugar para você."

A princesa o encara por um instante, depois estala os dedos. Guardas aparecem, pegam o príncipe e levam para fora, mas a princesa continua ali. Ela o encara antes de o jogarem para fora, ainda com o brilho do dragão da lua no olhar, e profere palavras tão poderosas que o vento as imprime na atmosfera para que as mulheres se lembrem delas ao longo da história. "Eu existo. Independentemente de ser mãe, esposa, irmã, filha, eu existo. Eu existo como ser humano acima de tudo, como um ser que sente prazer e sofrimento, beleza e aprendizado, vida e tragédia. Eu existo porque o universo escolheu me colocar aqui por um propósito maior do que minhas relações com os homens. Eu existo porque uma senhora sábia me deu um dom, e agora a magia corre pelas minhas veias. Por isso o problema não é que eu seja metade dragão, metade garota. O problema é o fato de você fazer tão pouco disso que não acredita que eu seja capaz de existir se não for por meio dos meus laços com os homens."

Depois que o príncipe é expulso do castelo, o dragão da lua e a princesa continuam a compartilhar o dia e a noite, e vivem felizes para sempre.

O tecelão de histórias

Quando era pequena, eu tinha um amigo, e às vezes me perguntava se ele tinha nascido no dia em que o *Titanic* afundou. Outros dias, ele parecia estar entre nós desde os tempos das pirâmides. Ele me contava histórias sobre um mundo que ainda não consigo sequer imaginar. Um mundo no qual um simples sorriso poderia desencadear eventos capazes de destruir países. Uma quase-terra na qual as estrelas falam e as luas escutam. Um reino no qual todos encontram aventuras, como dragões que salvam cavaleiros e as ordens de alguém mudam as condições climáticas, e não o contrário.

Eu sempre ouvia com surpresa e admiração. Como tudo aquilo era possível, quando o assassinato, a tristeza e o sacrifício assolavam meu mundo?

Suas histórias sempre eram belas e assombrosas. Às vezes ele me contava tudo sobre as princesas que um dia tentara salvar. Elas sempre têm um destino tão cruel. Eram levadas de seus castelos para morar com homens pomposos que diziam que as estavam salvando, mas na verdade era ele, e ainda assim ele falhava e sempre as perdia no final.

Sua voz era imensuravelmente delicada, soava como algo de outro mundo. Mas suas palavras tinham tanto significado, tanta verdade, que as profundezas de sua voz só poderiam ser sinal de sabedoria. Até hoje, foi a única voz que me fez sorrir de verdade desde a minha infância.

Ele me contou sobre pessoas que o odeiam, que desejavam que ele desaparecesse, e isso me deixou arrasada.

Como alguém pode pensar que uma voz que conta aquelas histórias poderia não ser bondosa?

Seus olhos eram tão antigos que deixavam transparecer sua alma. Débeis, frágeis, como seda entre mariposas. Ainda belos, ainda delicados. E às vezes tinham manchas de escuridão ao seu redor. Manchas que... se eu perguntava a respeito, ele fingia não me ouvir. Mas ele ouvia.

Eu sei porque seus olhos ficavam escurecidos com algo que eu não conseguia compreender.

Eu sei porque foi nesse momento que ele desapareceu.

Eu sei porque essas foram as únicas vezes que me lembrei de que ele não era só meu amigo. Ele era o monstro que vivia embaixo da minha cama.

Hoje em dia
se apaixonar
por alguém
é **deixar**
seu coração

O conto de fadas contemporâneo

Hoje em dia
se apaixonar por alguém
é deixar seu coração
ingênuo e delicado
entrar em um carro
com um completo desconhecido
e rezar
para que não lhe aconteça
nada de terrível.

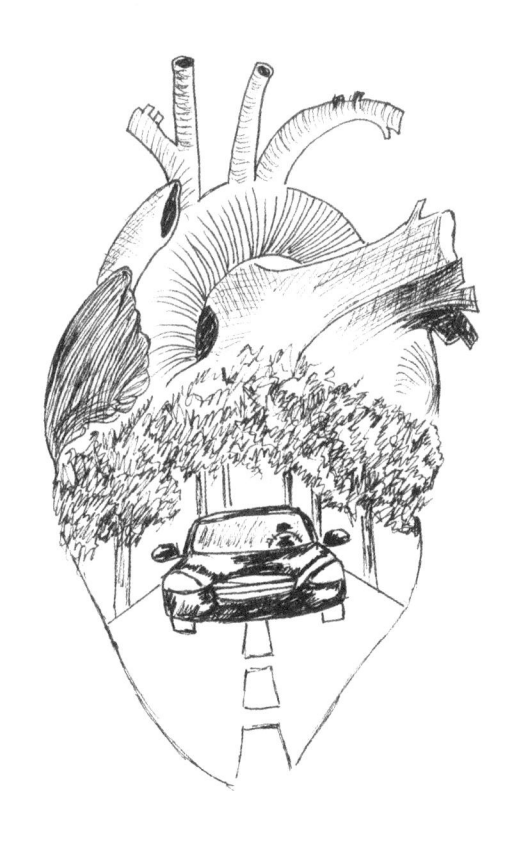

Ode ao assediador da esquina

Eu vejo como você me olha,
pingando lascívia que não pedi.

Você espera que eu seja esvoaçante
de tão delicada, que sorria passivamente para você.

Talvez tenha ouvido que todas as meninas
são pura meiguice, pura doçura.

E por isso você abriu a boca
e disse aquele impropério, pensando
   "o que ela vai fazer?".

Você errou feio, porque minha mãe
não me criou para ser dominada por um
   homem como você.

Ela criou uma filha com um uivo dentro do peito,
uma faca no lugar da língua, a deusa Hera na garganta.

Dê mais um passo e eu vou te destruir,
   porque sou mulher,
e sou pura guerra, pura amargura.

Não tenho medo de usar as palavras
como se fossem munição para afastar
   homens como você.

E se alguém me perguntar por que agi assim, eu direi:
"Ele estava pedindo! Não viu a roupa dele?
Ele queria".

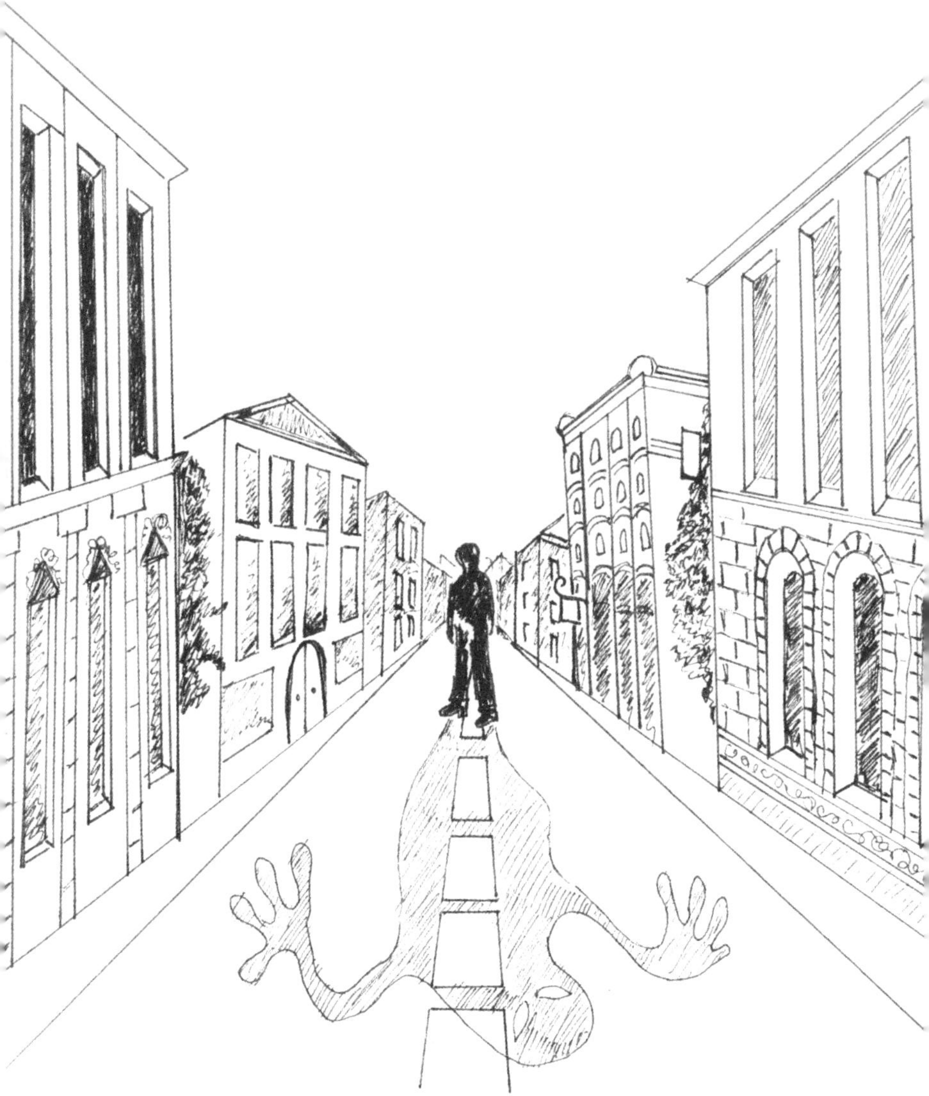

A menina vai atrás do rei mau que a aprisionou na torre

Convoque mil magos para lhe ajudar,
chame todos os aliados para proteger seu trono.

Traga todos os sacerdotes para abençoar
    sua linhagem e seu sangue,
nada vai impedir que você vire cinza e ossos.

Não vim até aqui para roubar seu tesouro,
não é a sua coroa que procuro.

Você pode implorar por misericórdia, em vão, como eu
quando você me enterrou sob meus gritos de pavor.

Você não sabia que Atenas é minha santa padroeira, Hera
é minha deidade.

Você não sabe o que uma criatura determinada
    é capaz de fazer para sobreviver.

Criamos presas no lugar dos dentes,
    garras no lugar das unhas,
derrubamos torres e prisões, tijolo por tijolo,
    com as próprias mãos
para não morrer.

E aqui estou, ó rei malvado,
    veja no que você me transformou.

No pesadelo, no espírito maligno, justamente naquilo
capaz de lhe destruir.

A mente de Pandora

Procurar a poção secreta da felicidade
dentro dos cômodos da minha mente é como
atravessar todas as câmaras da caixa de Pandora.

Lá, a religião assentia com ar de sabedoria:
"Confesse seus pecados, todos eles,
abaixe sua cabeça diante de Deus e você
    se sentirá mais leve".
Eu tentei, mas ao mesmo tempo continuei pecando,
por isso a luz nunca veio —

— enquanto meu bom senso juntava as mãos:
"Faça um diário e nele registre todos
os seus sentimentos", e eu me esforcei sinceramente,
mas meus sentimentos são tantos que mesmo
depois de cem diários eu não me esvaziei —

— enquanto a expectativa alheia se intrometia:
"Você precisa é de um marido com mãos fortes
e ele vai derrubar todas as prateleiras de tristeza
que há dentro da sua cabeça". Mas ela não sabe
que essas prateleiras se reconstroem sozinhas —

— enquanto minha depressão, educada, me informava:
"Ninguém vai amar você de verdade,
você é uma pessoa impossível de amar".
E eu tentei, como tentei, me tornar mais amável,
mas nesse processo acabei me perdendo —

— enquanto minha ansiedade, irritada, gritava:
"Preocupe-se com outras coisas, como a Lua, que se afasta
da Terra a cada ano, ou o coração de sua mãe, ou...".
E agora tudo que sei é me preocupar
ao mesmo tempo com estrelas mortas e dinheiro —

— enquanto o condicionamento social tentava me educar:
"Talvez o problema seja isso de sonhar em ser escritora,
e não em fazer algo mais normal da vida".
E eu fiz de tudo para silenciar a mim mesma,
mas minha voz era forte demais —

— porém uma voz dentro de mim, chamada Esperança,
  falou baixinho:
"Milhões de pessoas boas morrem tristes
todos os anos, e nenhuma delas vai voltar
para dar ao mundo a chance de mudar
para merecê-las".

E ela me lembrou: "Talvez viver sua verdade
não a faça feliz o tempo todo,
mas a fará feliz todos os dias".

E ela acreditou: "Experimente defender
aquilo em que você acredita, mesmo se você
for a única pessoa a fazer isso no ambiente".

E ela sussurrou: "Talvez o segredo
da sua felicidade esteja no ato
de bancar quem você é, ainda que doa".

Então misturei as raízes da esperança
dentro de um tinteiro, enchi uma caneta
e enfim escrevi minha verdade.

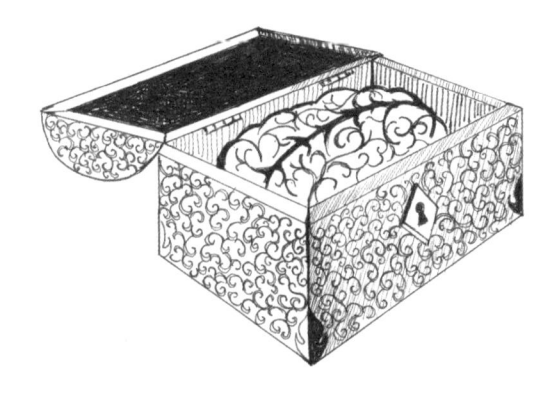

Os trolls (a partir de Shane Koyczan)

PRÓLOGO:
Já falamos deles,
mas parece que desde então
há duas, três, quatro vezes mais
criaturas como eles.
Eis aqui a história da origem
desses monstros que vivem entre nós,
sem princesa nem príncipe.

A HISTÓRIA:
Relegados a viver embaixo de pontes,
um dia foram criaturas que fabricavam
bebidas, mas ganharam outro nome.
Esse nome era "troll",
uma palavra que simbolizava as transformações
pelas quais seres humanos dotados de emoções
nunca passavam.

Na urgência de se salvarem
da vida deplorável que viviam sob as pontes,
um boato se espalhou, e foi a gota d'água
para perderem seu último traço de dignidade.
O boato dizia que comer um coração humano
lhes garantiria aquilo de que necessitavam,
por isso começaram a caçar a humanidade.

Mas quanto mais tentavam nos ferir,
mais nós reagíamos,
até que um dia nós enfim
conseguimos derrotá-los,
até que as histórias se tornaram lendas
e as lendas se tornaram mitos,
mas é agora que a história começa *de fato*.

A verdade é que os trolls nunca morreram.
Estavam apenas dormindo,
ganhando tempo,
esperando que a humanidade os esquecesse,
que os reduzisse a um conto de fadas.
Quando a primeira criança ligou
o primeiro computador, houve um tremor.

E foi então que eles saíram
do inferno de sua prisão criada pelo homem
e usavam novos avatares
e haviam aprendido a aceitar
a própria falta de empatia e valores;
em vez de corações, agora eles devoravam
sonhos, mas também seres humanos inteiros.

Eles procuram os deprimidos
e encontram os solitários,
transformam crianças em alvo
e estimulam a polarização
entre amigos e familiares.
Só com palavras em uma tela
eles fazem armas, eles jogam pedras,

Eles criam pás para enterrar sonhos.
Eles partem almas ao meio,
comem a felicidade que restar lá dentro
e causam mortes e suicídios,
destroem famílias e causam perdas
só com palavras,
mentiras e mais mentiras.

Não podemos fugir deles,
não podemos mandá-los de volta,
não podemos transformá-los em histórias,
só nos resta encarar os fatos:
agora eles vivem entre nós,
suas pontes viraram escombros.
Agora eles se armaram de códigos.

Ainda lhes falta coração,
em sua alma não há canção
que lhes dê algum sentido.
Não podemos proteger nossos filhos
desses seres malignos,
mas podemos ensiná-los
a se protegerem.

É que os trolls podem até
ter tomado as avenidas
e salas de bate-papo da internet
e o Facebook, o Twitter, o Instagram,
mas se esqueceram
de algo fundamental
que os seres humanos
estão carecas de saber.

Um monstro só se porta como tal
se o deixamos viver na nossa mente e prosperar.
Por isso hoje ensinamos nossos filhos
que os monstros existem,
mas a melhor maneira de derrotá-los
é *nunca* permitir que influenciem
como nossa mente produz pensamentos
e como nosso coração se expressa.

Donzelas difíceis

Nem todas as garotas
são pura meiguice, pura doçura.

Essas são as garotas que têm um pouco
de maldade, bruxaria e renda escura.

São as filhas que já nascem com garras,
feitas de contos, rugido de tigre e uivo de lobo.

São mulheres que levam em si uma tempestade terrível,
os piores terremotos e tudo que o mundo renegou.

São donzelas da mais calamitosa coragem,
que mostram mais bravura do que qualquer cavaleiro.

São princesas feitas tanto de valentia quanto veneno
e agora serão coroadas rainhas do mundo inteiro.

Fome: um conto de fadas sombrio

Há uma diferença
entre um distúrbio alimentar e a magreza:
os distúrbios sabem se esconder
e passar despercebidos,
mas a magreza é sempre visível.

A magreza é aplaudida,
elogiada, considerada algo belo.
Se você sorrir e ficar sem comer de novo,
ninguém vai notar a guerra
que acontece dentro do seu corpo.

Todo mundo faz perguntas,
mas ninguém faz as perguntas certas.
Quem diria que a diferença entre
"O que você fez para emagrecer?"
e "Quando você comeu pela última vez?"

seria decisiva para procurar ajuda ou morrer?
Você acha normal não conseguir mais
dormir de lado porque seus ossos do quadril
machucam a pele e por isso repete
"Pelo menos eu emagreci".

Em dado momento você começa a fazer listas
intituladas "motivos para comer".
Mas você continua tendo recaídas
quando vê uma pessoa mais magra que você,
e a vilã mais uma vez invade sua mente.

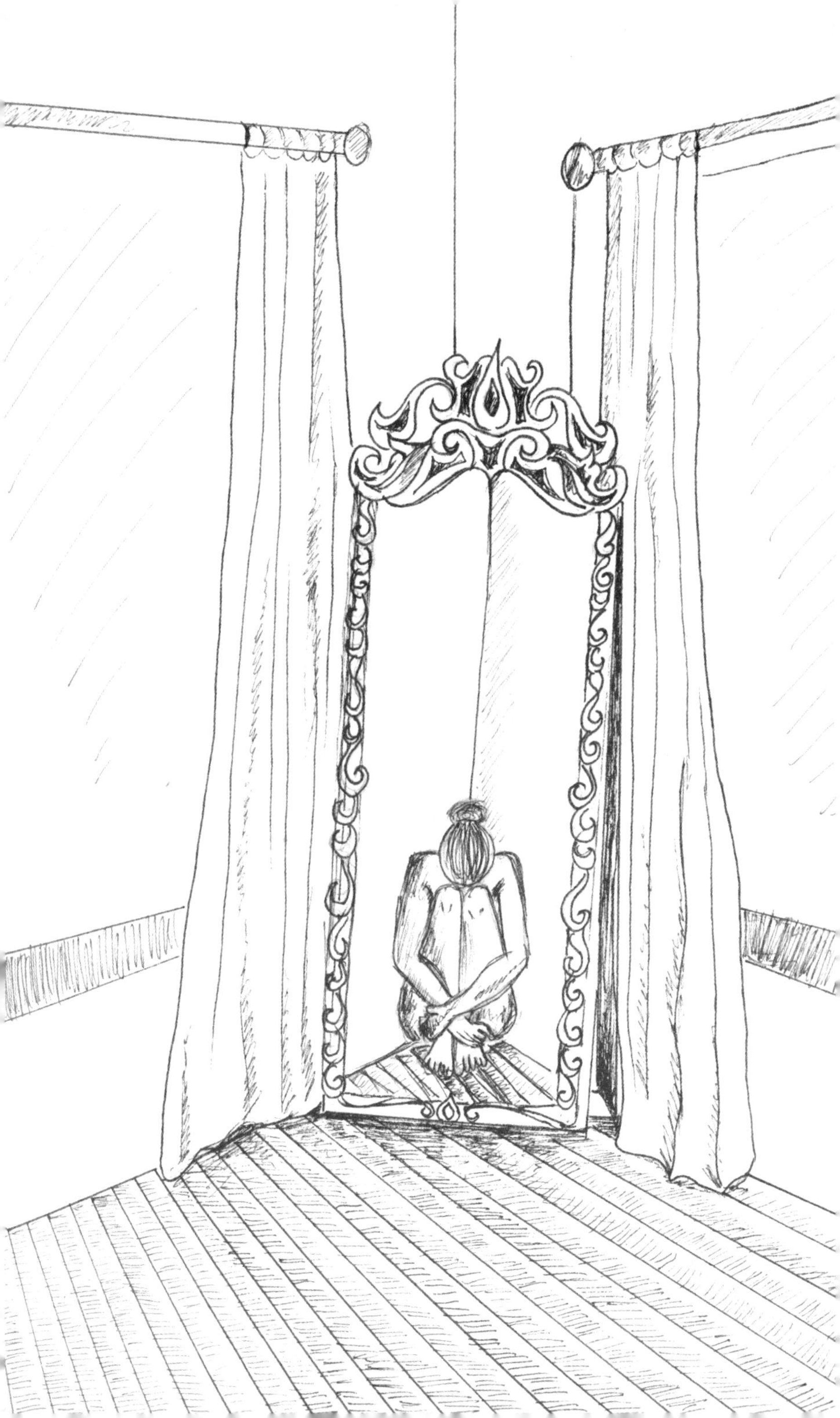

Você tenta se lembrar:
"A fome não é minha amiga.
A fome não me fortalece.
A fome não me ama".
Um cântico inútil que atravessa seu cérebro.

Em algum momento alguém percebe,
costumam ser nossos pais,
em geral é nossa mãe.
Finalmente alguém entende
que você está se matando para ficar bonita.

Então é hora de ir ao hospital e fazer terapia
e parar de se olhar no espelho
para não ver os monstros no reflexo.
Mas também é hora de ver sua mãe chorando.
Ninguém disse que seria fácil.

Seu corpo pergunta: "Por que você me odeia?",
e você já não tem mais respostas,
só cansaço e pedidos de desculpas.
Seu corpo diz: "Agora você vai me amar?",
e você sabe que a cura seria dizer: "Sim".

Mas a fome... continua ali.
Ela espera dentro de você.
Como em um relacionamento abusivo,
ela avisa com toda a calma
que não vai embora tão cedo.

Vencer um distúrbio alimentar
é assim: você pede uma medida protetiva
mas não confia que seja segura,
porque sempre se prepara para o pior.

E mesmo quando uma pessoa mais magra
passar por você, lembre-se de que
você é muito bonita
sem precisar de sonda
para alimentação intravenosa.

Para se recuperar, você
precisa acreditar que seu peso
corporal é sua bondade
e confiar no seu talento e resiliência,
e não nos números da balança.

Mas a recuperação tem diferentes
significados para pessoas que não são iguais.
Para algumas é sobrevivência.
Para outras é cura.
E para outras é apenas estar *viva*.

A arte do vazio

Há uma arte
no vazio
das coisas da natureza.

Pergunte a qualquer criatura
que cava túneis ocos
e os transforma em abrigo do frio.

Elas preenchem esses espaços
com todo o peso de seu corpo,
e para elas isso basta.

Os seres humanos vão contra sua natureza
e confundem o que é vazio
com a tristeza e a solidão.

Preenchem espaços quando não é necessário,
fazem de tudo para fugir
do tédio e seu lado trágico.

E é por isso que enchemos
a cabeça das crianças com histórias,
para combater o que é mundano.

Por isso menininhas acabam
conhecendo o vazio do jeito mais difícil,
descobrindo que as histórias são castelos de ar.

Que o amor verdadeiro e os príncipes
são na verdade menininhos confusos
que ainda não aprenderam a amar.

Que às vezes nos apaixonamos
pela princesa, e não pelo príncipe,
e que não há nada de errado nisso.

Talvez seja por isso que as histórias
precisem se tornar fogo
e deixar de ser ar.

Em vez de etéreos contos de fadas
podemos ler contos de fogo-fátuo
quando chega a hora de dormir.

O nascimento da vingança

Avisem a floresta e as fadas,
avisem todas as criaturas malvadas,
avisem que as coisas delicadas devem temer a escuridão,
para que escondam todas as crianças boazinhas
das fagulhas que nos chamam.
Avisem o vento e as árvores
que segredos perigosos se escondem
dentro de suas folhas,
digam às bruxas que deixem oferendas
em forma de orações e pedras preciosas,
mas digam a meus inimigos que escondam os ossos.
Avisem todos: o que eles tentaram matar retornou.
Eu voltei para casa. Avisem todos.

A moral da sua história

É assim que mentem para a gente:
ame, ame tão incondicionalmente
que você vai mudar o mundo.

A verdade é brutal:
se você se importar tanto assim,
o mundo vai lhe destruir sem dó nem piedade.

E só piora:
todo esse amor que você tem
é altruísta *demais*.

Sim, meu bem,
"altruísta demais" é uma possibilidade,
mesmo que tentem negar.

É que você cresceu ouvindo
que deve oferecer tudo
sem pedir nada em troca.

O que ninguém nunca conta
é que esse sacrifício constante
serve para fragilizar você.

Só existe para enfraquecer você,
e um dia
vai destruir você.

E de que serve uma pessoa destruída
para alguém, *para qualquer coisa*,
e principalmente para a própria verdade?

O espelho

Espelhos conhecem as palavras.
Falam frases inteiras.

"Que nariz grande, que pele horrorosa",
como uma voz punitiva que sai das profundezas.

"Quem vai amar você com essas cicatrizes?"
Versos antigos que tornam as pessoas infelizes.

O que você precisa entender,
como uma armadura para endurecer seu coração,

é que nenhum metal polido compreende como nossos ossos,
pele e músculos são temporários.

Lembre-se de que você é muito mais do que os defeitos
que gritam na imagem do espelho.

Olhe seu reflexo nos olhos que revelam
sua profundidade, ignore palavras vazias e erga-se.

Peça desculpas a você por ter dado atenção a agressões,
lembre-se de que você é a mais bela do mundo.

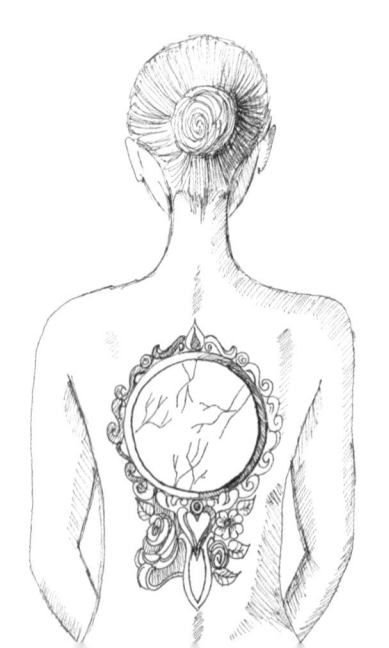

A filha do gigante

Aprender a reivindicar espaço
é como tentar amar alguém
que resiste violentamente ao amor.

É como entrar em um ambiente
e tentar não se diminuir até sumir.
É ter consciência do próprio encolhimento.

É deixar de se incomodar
com o incômodo de saber que você,
como Houdini, dominou a arte
do escape sem que ninguém perceba.

É aprender a não fazer isso
mesmo quando tudo no seu corpo
aprendeu a se esconder.

Encantado

Se você quiser conhecê-lo,
preste atenção em sua boca.
Ignore os olhos de deus marinho.
Ignore o volume de sua risada.
O ar que o envolve é uma charada.
A única coisa que não mente é sua boca.

Toda boca é uma entrada para a casa-alma.
E as pessoas que abrem sorrisos falsos
não conseguem entregar alegria
para o quarto vazio que são seus olhos.
Ele enfeitiçou seus pais e seus amigos.
Ele é a personificação do encanto, um festival de elogios.

É assim que funciona a feitiçaria:
todos o defenderam quando ele chamou você de vagabunda
naquela primeira noite, quando você usou aquela blusa,
e desde então você vive pisando em ovos.
E dali em diante as coisas só pioraram, não foi?
Ele se alimentou da sua tristeza
    até deixar você quase vazia,

até que só lhe restasse viver sozinha,
uma solidão que dá mais apoio do que a sua família,
mais apoio do que as pessoas que certa vez
prometeram protegê-la de tudo.
Mas esse "tudo" não incluía um ser metade homem
metade demônio que usa máscara de anjo.

As palavras dele foram se tornando hematomas
que marcam sua alma enquanto ele diverte as
   outras pessoas.
Todo mundo esqueceu que Lúcifer também era bonito
e era o preferido de Deus antes de ser anjo caído.
Mas não precisa ser desse jeito.
Em todas as histórias, a pessoa escolhida se vê sozinha.

Ele não é o Príncipe Encantado que deveria ser,
ele se revelou um demônio feito de apatia.
Ele isola você das pessoas ao seu redor,
mas não pode isolar você de si mesma.
O que ele não sabe é que você tem um segredo,
uma força silenciosa e imensa.

Você tem Perséfone correndo nas veias,
a deusa-guerreira dos mortos que espera o momento
   de ajudar.
Invoque-a e liberte a todos do feitiço cruel que ele lançou.
Lembre-o daquilo que dizem sobre você:
"Essa mulher sabe equilibrar mistério e firmeza,
ela sempre foi meio bruxa, meio deusa".

Princesa comum

Esse foi meu pecado:
nasci comum, com um pai que era rei
e tinha duas outras filhas mais belas do que eu,
ambas mais jovens, ambas mais meigas.
Meus pais temiam que ninguém neste
mundo pudesse me amar.

Mas tive sorte,
porque era filha do rei.
Uma oportunidade de negócio.
Uma aliança entre dois reinos.
Alguém capaz de transformar
    um homem em um príncipe.
Quem precisa de amor quando
    se é uma moeda de troca?

Fui me acostumando
a não ser amada,
percebi que ser invisível
tinha lá suas vantagens:
as outras mulheres da corte
não veem você como ameaça.

Vi a crueldade das mulheres
com a mais bela do grupo.
Vi quando cochichavam no escuro
que a outra perdera a virtude.
Pelo visto, se um homem acha que
você não tem virtude, você perde seu valor.

E dessa forma descobri
que, muito mais do que os homens,
mulheres e meninas me assustam
de maneira inexplicável.
Parece que todas nós participamos
    de uma competição
com a qual nenhuma de nós concordou.

Parece que todas nós amamos de um jeito
que diz: "Olha, olha como eu consigo
manipular reinos inteiros
com meu sorriso doce",
mas nunca diz: "Olha como eu me vendo
através de um sorriso, como pêssegos
no mercadinho da esquina".

Não sou bonita a ponto
de despertar fúria.

Nem sou bonita a ponto
de despertar desejo.

Vivo protegida entre as mulheres
por não ter dominado
a arte de ser bonita.
Embora desde o nascimento
eu tenha aprendido
que esse é meu grande fracasso.

Sangue de fênix

Só tenho certeza
de duas coisas neste mundo:
a primeira é que, um dia, esta vida
chegará a seu destino
derradeiro na morte.

A segunda: as pessoas vão tentar lhe destruir,
e, acredite, até aquelas que certa vez
prometeram a eternidade vão trair você.
Isso sempre acontece, sem exceção,
quando o amor se torna escuridão.

Faça um favor a você quando isso acontecer:
recobre quem você é.

Sei que lhe ensinaram
a partir seu coração em pedaços
e entregá-lo quantas vezes for necessário
a mãos egoístas, porque é isso
que você ouve desde criança.

Você é uma ferida aberta
à espera de alguém que a cure.

E quando notarem,
vão arrancar a casquinha
e roubar sua voz na esperança
de que sua mágica vá junto,
torcendo para o seu cerne se desfazer.

É nessa hora que você se lembra
da lava do vulcão de onde você veio,
seus ancestrais eram feitos de fogo
e o fogo corre como uma cantiga
por suas veias que são rios de sangue.

Você não é uma ferida aberta,
embora eles queiram que você se veja assim.

Fizeram isso com todas as mulheres
que vieram antes, mas mulheres foram feitas
    para resistir;
elas se tornam a terra,
elas se adaptam como água,
elas se transformam em diamantes
    para sobreviver sendo quem são.

É assim que nos tornamos mágicas:
andamos sobre o fogo e nos tornamos sagradas.

Eles tentam nos derrubar,
mas nós não aceitamos o fracasso.
Eles tentam nos devastar;
ainda assim, aprendemos a ser felizes.
Eles nos relegam às profundezas do inferno,
mas nós descobrimos como
    absorver e moldar o fogo.

Metamorfose

Essa sua mania de se isolar
quando está sofrendo
é uma espécie de alquimia.

É a reconstrução
do seu sangue, seu cerne
e da coluna que lhe sustenta.

É você saindo do abismo.

Ver-se nesse processo de remendo
é algo intenso e violento.
É assustador, eu entendo;

pois você não sabe se dessa crisálida
surgirá uma borboleta
ou uma mariposa.

Vire homem, Hércules

Quando eu era criança,
meu pior pesadelo era ver meu pai chorar.
Só quando cresci foi que parei para pensar.

Agora finalmente entendo que o mundo
não quer que homens tenham sentimentos.
O mundo exige que sejam para além de estoicos
    e contenham suas emoções;
poucos têm a oportunidade de ser verdadeiros.

E se um deles fraqueja, a frase "vire homem"
se torna a magia obscura que o faz entrar na linha.
"Vire homem" é o vilão que chega a uma festa
    sem ser convidado
com dois lacaios: "homem não chora" e "homem com H".

Contamos aos nossos filhos histórias de heróis
    como Hércules,
mas nos esquecemos de contar que sua fúria
o fez assassinar toda a sua família.

E ao contar histórias nas quais a raiva se torna
a única forma aceita de um homem se expressar,
nós lhes ensinamos que gritar, bater, berrar
é a única forma de se libertar do próprio inferno.

E é assim que frases malditas
como "vire homem" contribuem
para a maior causa de morte de homens
    abaixo de 45 anos.

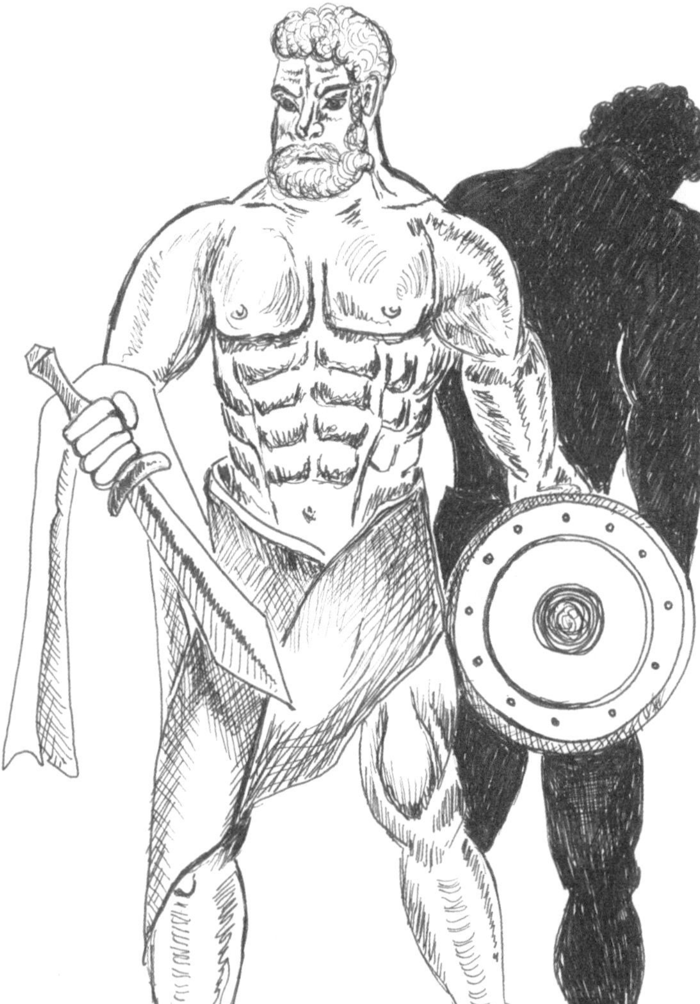

A repressão leva à depressão,
a depressão leva à busca por formas de sobreviver
e, depois de anos ouvindo que não devem sentir nada,
a única forma de esses homens sentirem é
    através do suicídio.
Nós criamos cordas com palavras
e olhamos sem fazer nada enquanto nossos
    filhos as amarram
ao redor do pescoço uns dos outros.

Por isso eu direi ao meu filho: "Chore,
não represe, deixe que os rios que você
    tenta segurar dentro de si corram.
Assim você vai soltar tudo que lhe fere
e finalmente vai conseguir respirar.

"A definição do homem que você é tem muito poder
para ser influenciada por uma frase
e não precisa de ódio para assegurá-la.

"Quando lhe disserem 'vire homem',
olhe essa pessoa nos olhos e diga 'não obedecerei, não'.
Torne-se a terra, a revolta de que seu coração
necessita para cultivar o amor-próprio."

Devore seus monstros

Menina, o mundo não tem direito de comer você viva.

É você quem deve consumir o mundo. Devore e cuspa os ossos dos homens que tentarem transformar você em um saco de pancada. Coma os reis que trancafiarem você e tentarem lhe transformar em um presente para um príncipe. Cuspa os ossos dos príncipes que tentarem lhe transformar em uma esposinha boa, dócil e fiel. Rejeite qualquer pessoa que tentar lhe convencer de suas obrigações e deveres para com os homens, e não de seus deveres e responsabilidades consigo mesma.

Depois abra as portas do castelo e ande sozinha rumo ao seu pôr do sol cuidadosamente desenhado.

In absentia: um tipo de maldição muito comum

Pais ausentes também educam suas filhas.
Eles as ensinam a se tornarem vítimas.
A serem obedientes.
A se fragilizarem
diante de qualquer homem
que lhes ofereça o mínimo
vestígio daquele amor
que elas nunca receberam
do próprio pai.

Sobre reis e rainhas

Você pensou que eles faziam tudo sozinhos?
Que criavam exércitos do zero
e conquistavam tronos?

Construíam terras prometidas
que viveriam mais que o sol
e faziam a prosperidade se reerguer das cinzas?

Não são só os homens que fazem um brasão de família,
ele também é obra das gerações de mulheres
que têm nas cartas e nas artimanhas sua espada.

Mostre-me seus reis,
e eu lhe mostrarei as rainhas que os estimularam,
que os geraram, que os guiaram pela estrada.

Garota manipuladora
(A partir de O mestre mandou)

A garota manipuladora diz: "Você não pode usar branco porque engorda".
Por isso nós todas usamos preto enquanto ela usa branco.

A garota manipuladora diz: "Não vamos falar com a nova menina da sala, ela é estranha".
Por isso maltratamos essa menina que não fez nada de errado, só é nova para o nosso velho jeito de viver.

A garota manipuladora diz: "Se você é pobre, não pode andar com a gente".
Por isso tentamos evitar qualquer humilhação, em vez de valorizar quem somos.

A garota manipuladora diz: "Sei que você gosta dele, mas é muita areia para o seu caminhãozinho".
E nós, obedientes, paramos de gostar daquele sujeito para que ela possa namorá-lo.

A garota manipuladora diz: "Esse short ficou muito curto".
E só observamos quando ela compra o mesmo short.

A garota manipuladora diz: "Você seria mais bonita se seus olhos fossem maiores".
E nós aprendemos a falar olhando para o chão.

A garota manipuladora fica magoada quando falamos que ela é cruel.
Ela diz que é a única pessoa que se importa com você.
Ela discretamente ameaça destruir você.
Ela espalha boatos para fazer você de refém.

Quem disse que mulheres são delicadas
e não sabem ser perversas?
Somos capazes de fazer as coisas mais violentas
umas com as outras no mais completo silêncio.

E ela respondeu na mesma hora:
*É possível **ser** de outra maneira?*

A ogra

Perguntaram à bondosa ogra
que se negava a atacar crianças,

que guiava viajantes perdidos à noite
quando a luz da lua não era suficiente,

de quem nenhum morador do vilarejo
tinha medo, nem se quisesse:

"Por que você é tão terna?
Por que é tão boa?"

E ela respondeu na mesma hora:
"É possível ser de outra maneira?"

Eles lhe contaram sobre sua raça
e sua crueldade muito própria.

Ela sorriu. "Nasci assim
e não deixei que a educação me mudasse,

porque a educação não foi capaz de me
transformar no demônio que queriam que eu fosse.

A bondade não está no nosso sangue,
é algo que a gente aprende."

Mães e filhas

Ela nem sempre será compreensiva.
Às vezes a escova de cabelo
vai puxar os fios de propósito.
Às vezes sua voz terá tanta fúria
que suas mãos vão suar frio.

Às vezes sua boca vai se contorcer
e se tornar algo que não é sorriso nem bondade.
E ela será todas aquelas coisas
que você só atribuía às madrastas.
Ela nunca expressou a tristeza que sente.

Seus ferimentos nunca cicatrizaram
e ela precisou engolir as próprias dores
para sobreviver,
e ninguém nunca avisou
que isso seria necessário.

Ela faz o possível para conter
a fera que tem no fundo do peito
— ser boa, ser gentil, ser sábia o dia inteiro,
não há lugar para a dor, mas no fim das contas
esquecemos que ela é um ser humano.

Perdoe-a pela forma como sua agonia
se revela, menina.
É assim que a magia funciona.
"Incondicional" nunca foi
sinônimo de "perfeito".

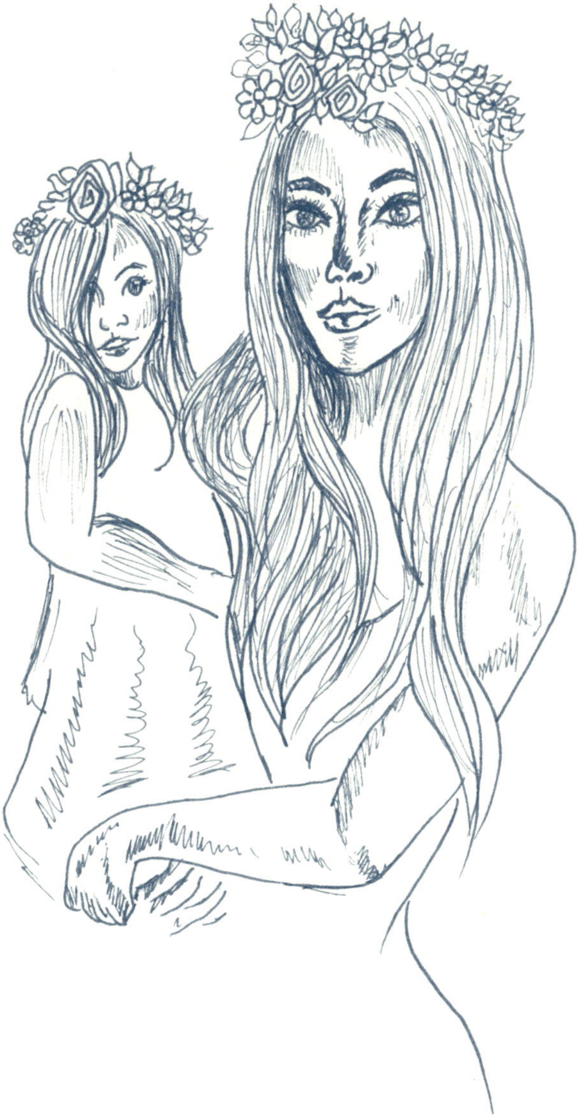

Nos tempos de outrora

As pessoas ao meu redor reclamam
que hoje em dia todo mundo se divorcia,
mas eu agradeço aos Deuses que tenhamos mais opções.

Essa parte todo mundo esquece;
nossas bisavós não tinham escolha.
Elas davam um jeito de continuar porque *era preciso*.

Elas carregavam o casamento nas costas,
usavam os traumas para colar o que se quebrava,
porque não tinham saída.

Fazendo o almoço, elas enxugavam as lágrimas,
nutrindo os outros com o amor que lhes faltava,
vendo os outros felizes construíam sua fortaleza.

Não tinham recursos para salvar a si mesmas
porque haviam aprendido desde cedo
que esse era o papel do Príncipe Encantado.

Nos tempos de outrora II

Nos tempos de outrora, as mulheres aprendiam a escutar sem de fato escutar — uma habilidade que a maioria herdava, enquanto seus maridos davam desculpas para explicar sua infidelidade. Para lidar com a situação, as avós ensinavam às filhas e às netas mil coisas. Uma delas era o lugar aonde Lázaro havia ido quando morreu, e como chegar lá, mas sem morrer. "É um truque que você deve aprender para quando ele te trair", elas diziam, "e ele vai te trair, porque é homem, e nós já esperamos isso dos nossos homens porque eles são como fumaça, fáceis de inspirar, mas difíceis de expirar, e sempre levados pelo vento". As mulheres sempre armaram umas às outras por meio das palavras, dos conselhos, das maneiras de sobreviver em silêncio, maneiras de não enlouquecer, maneiras de resistir a *tudo*, e ainda assim somos consideradas o sexo frágil.

Este é o truque que ensinaram a todas elas: feche os olhos, ame-o em silêncio (ele ainda é seu marido, quer você queira, quer não, agora sua casa é aqui, ainda que a fundação esteja apodrecendo), mas agora você deve amá-lo com o punho cerrado, com meias-luas desenhadas na palma das mãos, uma lua cheia no pensamento. Na primeira vez que ele mentir você deve correr pelo campo, na segunda você deve dançar pelos prados e na terceira deve se lembrar como chegar lá, porque vai acontecer de novo, a traição é uma questão de repetição.

Assim, as mulheres ensinaram umas às outras que é melhor que cada uma se divida, envie algumas partes para viver eternamente nos campos elísios no céu, devore todo o céu para cobrir sua dor, porque você não tem permissão para viver sem ele, e como poderia, sem educação e sem meios de sustentar seus filhos?

É melhor aprender a transformar a traição em mágica.
Beba veneno todos os dias e não morra.
Quebre-se ao meio, mas nunca mostre a ele sua dor.
Tire uma nova versão de si mesma da cartola.
E eis seu próximo truque:
beba o veneno que ele lhe oferecer
e convença-o que você adora o sabor.

Ninguém vai vir te salvar. Essa tristeza pertence só a **você** e ninguém vai querer se envolver

Como se salvar

Antes de tudo, entenda o seguinte:

Ninguém vai vir te salvar.
Essa tristeza pertence só a você
e ninguém vai querer se envolver.

É melhor já quebrar tudo para começar a sair
    da torre mais alta.
É melhor convencer as trepadeiras a lhe ajudarem.
É melhor transformar seu próprio cabelo
    em uma escada.

Transforme-se em uma corda e dê um jeito
de descer, descer até chegar ao bosque,
as árvores sempre foram suas amigas do peito.

Mais do que as paredes da torre ou os salvadores.
Se você pedir com jeitinho,
sei que vão te receber com alegria.

"Se você tiver sorte,
pode ser até que encontre suas asas.
Você só vai descobrir se, como Ícaro,
    se atrever a pular."

Nenhuma delicadeza

Ainda preciso aprender
que às vezes a esperança
é uma coisa sombria disfarçada
de pássaro azul
e que alguns pássaros azuis
nunca voltam para casa.

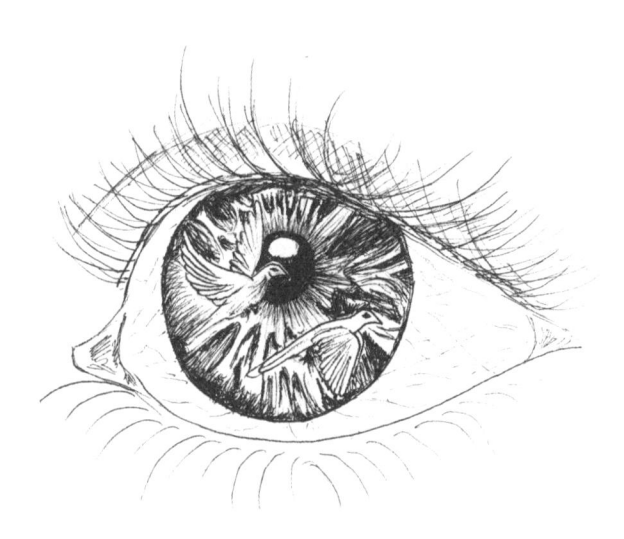

Conselho de mãe

Minha mãe diz: "Não envie mensagens para meninos
que te olham como se você fosse um banquete.
Garotas não são banquetes.
Você não deve se entregar
como se fosse algo perecível
quando tem quilômetros
de eternidade crescente dentro de você".

Minha mãe diz: "Tome cuidado com estranhos.
Principalmente senhorinhas de rosto meigo,
porque nunca sabemos
quem pode se aproximar usando um disfarce
e trazendo maçãs envenenadas".

Minha mãe diz: "Não confie em garotas
que têm olhos ágeis e sorriso espertos demais.
Elas têm feitiços entre os dentes
e os usam de forma tão astuta
que você não vai nem se lembrar
de como perdeu as coisas que elas pegaram".

Minha mãe diz: "Não se embrenhe
nos bosques silenciosos,
não visite castelos,
não tente desvendar mistérios.
Você pode virar fumaça em um piscar de olhos".

Minha mãe diz: "Eu não te eduquei para isso".

E eu penso
nos pecados aos quais já pertenço,
nos mistérios que já conheço.

Já sou fértil
de floresta e fogo,
minha mente prenhe de todas as coisas
que ela gostaria que eu não soubesse.

Continuaram enviando príncipes para salvar **você**, mas eles nunca retornavam de sua missão

Esqueletos no jardim

Olhe esses campos repletos de ruína,
com corpos enterrados sob cada estação.

Olhe essa terra, tão dilapidada e fria,
destruída pela mesma amarga razão.

Você avisou que era insensatez,
enviou cartas alertando-os de sua morte.

Mas seus exércitos continuaram surgindo
quando o sol nascia no horizonte.

Continuaram enviando príncipes para salvar você,
mas eles nunca retornavam de sua missão

porque nunca conseguiram compreender
que você se tornara amiga do dragão.

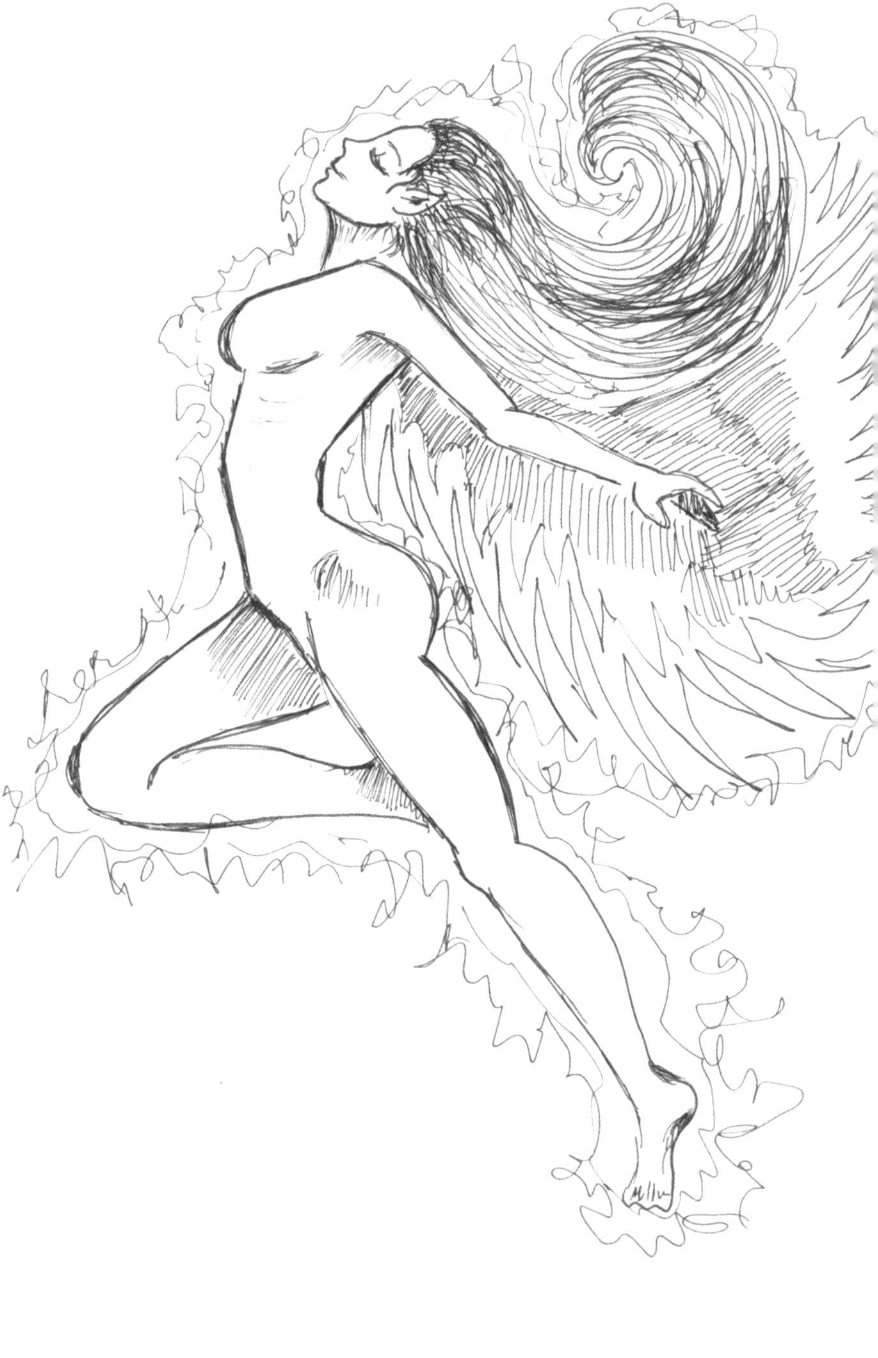

O metamorfo

Você acha que eu sou feita de folclore e doçura,
argila macia para suas mãos criarem
seu final feliz personalizado,
mas eu sou tudo menos isso.

As mulheres aprendem cedo
a se partir em pedaços,
mas o fazem de um jeito belo,
como se a feiura fosse um destino pior do que a morte.

O que quero dizer é que me acostumei
a abrir mão de muito do que sou
só para sobreviver, sem nem mesmo
dar adeus à menina que um dia fui.

É isso que as mulheres devem fazer:
entalhar sua imagem na mesma carne
que dizem ser emprestada dos homens,
ensinar umas às outras que estavam errados.
Sempre fomos mais fortes sem vocês ao nosso lado.

O que há num nome

Quem disse que o céu se chamaria céu?
Quem batizou o chão de chão?
Quem sussurrou para a noite:
"É assim que nos chamarão"?

O que há num nome, então?
Você deveria saber, meu bem.
Deram a você o seu quando te puseram
no forno, dando-lhe vida a partir da argila.

Beijaram seus lábios ainda mornos de fogo
e lhe deram vida para causar tragédia.
Será que lhe disseram que você era uma arma
e que armas também ganham nomes?

Nomes são coisas de poder extremo,
podem criar destinos e destruir reinos.
Mais tarde inspiram todo tipo de lenda e aptidão,
são eles que revelam o que levamos no coração.

As coisas se tornam seus nomes.
Transformam uma série de letras sem sentido
no céu ou nas estrelas
ou em objetos mais perigosos.

É uma pena que não tenham
    chamado você de Misericórdia
em vez de Monstro.
É uma pena que não tenham
    chamado você de Caridade
em vez de Conquistador.

Para as bruxas que escondemos em nós

Naquela noite, depois da última traição,
estiquei o braço e arranquei a tristeza
da barriga. Olhei para ela assim:
as coisas terríveis que tinham feito contra mim.

Consegui me convencer de que ainda
há um deus morando dentro de mim.
Algo tão delicado que o espelho
parece esconder.

Que ainda resta algo da minha bruxa ancestral,
algumas poções dentro do meu coração,
para punir sem perdão
aqueles que mentiram.

Eles tentaram me destruir com palavras,
pouco a pouco envenenaram
os amigos que fiz neste lugar estrangeiro,
e meu destino se tornou minha única casa.

Então abro a boca e pronuncio
os versos de uma maldição, as palavras vêm
do sofrimento, não da magia:
"Que eu viva minha vida melhor do que meus inimigos".

Demorei um bom tempo para aprender
que, embora o karma exista,
para se livrar da sua raiva.
não é preciso destruir sua magia.

O segredo é fazê-la crescer a cada dia.

Questione o conto de fadas

E se a Cinderela tivesse um gênio difícil
e a Branca de Neve só gostasse muito
de falar com estranhos e beber veneno?

E se a Pequena Sereia preferisse a companhia dos humanos
a de seu povo, e a Bela Adormecida apenas
gostasse mais de ficar sozinha do que com os outros?

E se o único buraco do coelho no qual
Alice caiu foi um vício terrível
cujo nome nunca soubemos?

E se tivessem mandado Wendy para o hospício
porque ela alucinava sobre a Terra do Nunca
e sobre um menino que nunca cresceu?

E se os contos de fadas não forem tão inocentes
quanto parecem, e as princesas, nem tão
perfeitas assim?

E se eu disser que seus defeitos não te definem
e o que você faz para sobreviver
não é da conta de ninguém?

Beije seu medo

E, meu bem, espero que você se lembre

de dar boa noite aos fantasmas.
Eles são só versões mais antigas de você,
que você deve descartar e esquecer.

E acredito que quando você colocar os pecados para dormir
vai procurar monstros embaixo da cama
só para matar a saudade depois de tanto tempo.

Espero que você crie coragem
para convidar seus demônios para o chá
e aprenda a ouvir o que eles têm a contar.

A guerra nem sempre é a resposta.
Afinal, a luz precisa da escuridão
para criar contraste. O que somos sem nossos pecados?

O brilho da lua com sua calma exuberante
não nos traria tanta tranquilidade se não fosse
o xale escuro que a noite pendura logo atrás.

Então entoe uma canção de ninar
para as coisas que você não gosta em si
e tente conhecê-las a fundo.

Lembre-se que o olhar generoso
do seu amor-próprio também deve alcançar
as partes mais sombrias do seu ser.

Quatro feitiços para se ter na ponta da língua

"Eu me respeito": um encantamento muito poderoso que vai mudar sua vida se você acreditar no que está dizendo.

"Meu coração é valioso demais e você não o merece": o feitiço que vai libertar você de qualquer espírito destrutivo.

"Eu acredito em você": o melhor presente que você pode dar a qualquer pessoa.

"Não": um imponente feitiço de três letras que é capaz de devolver sua liberdade, desde que você aprenda a usá-lo sem culpa e a lançá-lo sem medo.

Pessoa-floresta

Quando foi a última vez que você falou
com as árvores que tem na mente,
com as folhas que teimam em crescer?

Quando foi a última vez que se apaixonou
pelas raízes que essas plantas
deixaram dentro de você?

Será que ainda não sabe
que você é o território das fadas?
Que é em você que o espírito fala?

Você sempre foi
um segredo sutil que efervesce
e deve ser saboreado em silêncio,

só você e ninguém mais.
Segredos suaves como você são coisas
sobre as quais ninguém deve saber.

O mundo vai tentar lhe enganar
dizendo que a floresta que há em você
não existe.

Não acredite
nas palavras bem-intencionadas das pessoas
que não viram seus pássaros interiores em revoada.

Não acredite nas palavras cruéis das pessoas
que gostariam de ver você como floresta desmatada
e tudo que é seu reduzido a cinzas.

Não acredite em nada
que não seja o sussurro
da mata.

As árvores nunca
mentiram para você.
E isso não vai mudar agora.

Às vezes
a cura é
o fato de
Cinderela
nunca ter
deixado de
acreditar em
si mesma

A cura

Às vezes você se cura
quando se torna quem é,
um caminho espinhoso
que talvez leve
a seu incrível destino.

Às vezes a cura
é o processo pelo qual Chapeuzinho Vermelho
se torna o lobo,
porque toda mulher
tem um uivo preso no peito.

Às vezes a cura
é o fato de Cinderela nunca
ter deixado de acreditar em si mesma,
porque lá no fundo ela possuía
amor-próprio.

Às vezes a cura
é a história de uma vilã
que de vilã não tinha nada,
era só uma pessoa traumatizada
e desprovida de boas amigas.

Às vezes a cura
ganha nome humano
quando você se vê em uma torre
e a única forma de descer
é usando seus cabelos.

Mas quase sempre a cura
tem o seu nome
pintado com seu próprio sangue,
é um processo difícil de se controlar
e a única forma de aprender a se amar.

Felizes para sempre

Nunca me ensinaram
a amar com calma, até que conheci vocês
e nossos corações bateram como um.

Vocês me ajudaram a construir
um final feliz e me fizeram crer
no que há de mais verdadeiro em mim.

Obrigada por terem se aberto
para me receber, minhas irmãs,
quando todos os outros eram portas fechadas.

Obrigada por terem me amado
quando eu ainda era definida
pelas dores que enfrentava.

GRIMM
HANS CHRISTIAN ANDERSEN
FAIRYTALES
Charles Perrault
BOOK OF SKY
BIG BOOK OF Stories

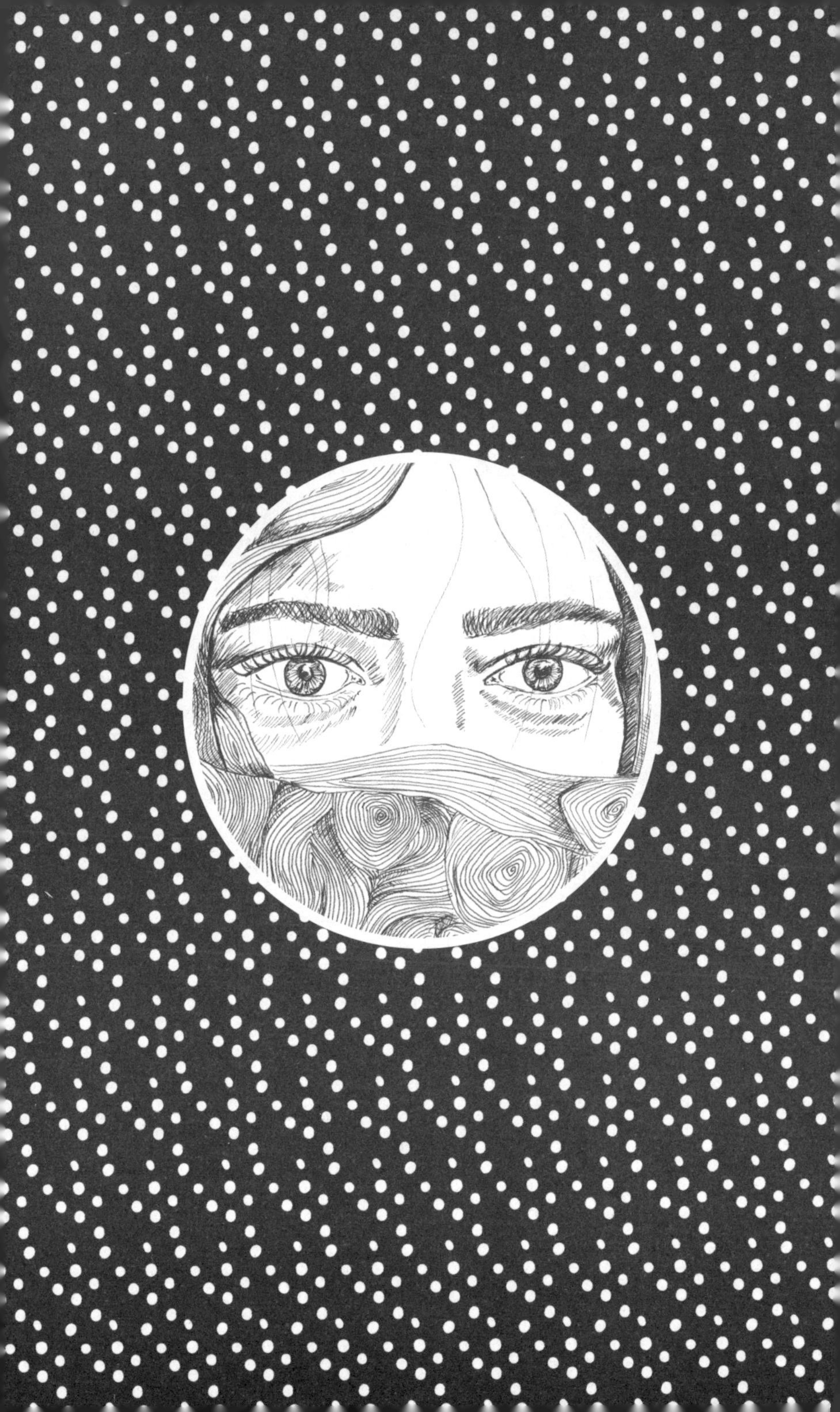

Agradecimentos

Devo palavras de gratidão a tantas pessoas que, se fosse escrevê-las, eu tomaria bibliotecas inteiras. Que bênção é viver neste mundo com tantas pessoas generosas. Às vezes agradecer não parece bastar.

Para começar, agradeço de todo o coração a: meus pais e avós, por terem me dado o dom de milhares de histórias e milhares de livros para ler. Meu irmão, por sempre ter me feito olhar as coisas de outro ângulo e por ter me apoiado. Emma, por ser uma editora incrível e paciente, e uma amiga maravilhosa. Clare e minha pequena Layla, por serem minha família. Steve, por me defender mesmo quando pensei estar sozinha. Bianca e Chris, por sempre terem acreditado em mim e no meu trabalho. Tristan e Joanna, por serem as pessoas mais incríveis e generosas. Amanda e Trista, por serem pessoas delicadas e gentis que o universo colocou neste mundo para mostrar o que é gentileza. Tomas, Anne, Zabiba e Leanne, e todas as pessoas da Trapeze, que transformaram este livro em realidade. Shaun e Alison, por me receberem tão bem e por serem tão maravilhosos. Leopoldo, por ser meu anjo da guarda. Emma e Lauz, por sua delicadeza, risadas acolhedoras e amor.

E, por fim, para você, querida leitora ou leitor, por me acompanhar nessa jornada pela magia, pelos contos de fadas e pelas lendas. Espero que este livro ajude você a criar seu conto de fadas extraordinário.

NIKITA GILL é poeta, escritora e ilustradora nascida em Belfast. Ela escreve desde pequena e, acostumada a criar versos para tudo que observava, se entregou ao mundo da poesia. Há quase dez anos ela compartilha seus versos no Tumblr e Instagram, onde tem mais de meio milhão de seguidores. Seu trabalho oferece reflexões sobre amor, empoderamento e saúde mental, e muitos de seus livros recriam os contos de fadas e mitos gregos com uma abordagem mais moderna. É autora de vários livros e coletâneas como *Your Soul is a River*, *Great Goddesses: Life Lessons from Myths and Monsters*, *Where Hope Comes From*, entre outros. Um de seus livros, *The Girl and the Goddess*, está em processo de adaptação para a televisão, com Lena Headey (*Game of Thrones*) encabeçando o projeto. Acompanhe o trabalho da autora em meanwhilepoetry.tumblr.com.

Senhora das fadas sobre os paredões / A vida é curta e a espera é longa / As estrelas, ao longe, desvanecem ao amanhecer / Senhora das fadas sobre os paredões / Seu conto está só começando.

— SHAMAN, "FAIRY TALE" —

DARKSIDEBOOKS.COM